AF277974

La cabeza de un hombre

Georges Simenon, nacido en 1903 en Lieja (Bélgica), dio sus primeros pasos como reportero y como autor de novelas populares escritas bajo seudónimo. En 1931 publicó, por primera vez con su propio nombre, *Pietr, el Letón*, que presentaba al imperturbable comisario de policía parisino Jules Maigret, personaje que retomó en novelas y relatos a lo largo de las cuatro décadas siguientes, mientras su obra más amplia le granjeaba la reputación de ser uno de los escritores esenciales del siglo xx. Viajero intrépido, con un profundo interés en la gente, Simenon se esforzó, en la literatura y en la realidad, por comprender —y no por juzgar— la condición humana en todos sus matices. Sus libros figuran entre los más leídos del canon mundial.

GEORGES SIMENON

La cabeza de un hombre

Traducción de
María Teresa García

DEBOLS!LLO

Papel certificado por el Forest Stewardship Council®

Título original: *La tête d'un homme*

Primera edición: mayo de 2025

© 1931, Georges Simenon Limited, todos los derechos reservados

GEORGES SIMENON y ® **Simenon.tm**®, todos los derechos reservados

MAIGRET ® Georges Simenon Limited, todos los derechos reservados

 Diseño original de Maria Picassó i Piquer, todos los derechos reservados

© 2025, Penguin Random House Grupo Editorial, S. A. U.
Travessera de Gràcia, 47-49. 08021 Barcelona
© María Teresa García, por la traducción
Diseño de la cubierta: Penguin Random House Grupo Editorial / Claudia Sánchez
Imagen de la cubierta: Levente Szabo

Printed in Spain – Impreso en España

ISBN: 978-84-663-8214-4
Depósito legal: B-4.578-2025

Compuesto en M. I. Maquetación, S. L.

Impreso en Black Print CPI Ibérica
Sant Andreu de la Barca (Barcelona)

P 3 8 2 1 4 4

La cabeza de un hombre

1

Celda 11, máxima seguridad

Cuando, en alguna parte, una campana sonó dos veces, el preso estaba sentado en su camastro abrazando con sus dos grandes manos huesudas sus rodillas dobladas.

Tal vez durante un minuto permaneciera inmóvil, como en suspenso; luego, de repente, soltando un suspiro, estiró sus miembros y se puso de pie en la celda. Era un hombre enorme, desgarbado, de cabeza demasiado grande, los brazos demasiado largos y el pecho hundido.

Su rostro no expresaba nada, excepto embobamiento, o tal vez una indiferencia inhumana. Y, sin embargo, antes de dirigirse a la puerta, cuya mirilla estaba cerrada, alargó el puño en dirección a uno de los muros.

Al otro lado de ese muro había otra celda idéntica, una celda que estaba en la sección de máxima seguridad de la prisión Santé.

Allí, como en otras cuatro celdas parecidas, un condenado a muerte esperaba el indulto o al grupo solemne que aparecería una noche y lo despertaría, sin decir palabra.

Y, desde hacía cinco días, a cada hora, a cada minuto,

aquel preso gemía, tan pronto en voz baja, monótona, como a gritos, con lágrimas y alaridos de rebeldía.

El de la celda 11 no lo había visto nunca ni sabía nada de él. Todo lo más, por su voz, podía adivinar que su vecino era un hombre muy joven.

En aquel momento el plañido era débil, automático. En los ojos del preso que acababa de levantarse destelló un fulgor de odio, mientras apretaba los puños hasta hacer crujir las articulaciones salientes.

Del corredor, de los patios, de las explanadas, de toda aquella fortaleza que era la Santé, y de las calles que la rodeaban, de París, no llegaba ruido alguno.

¡Tan solo el lamento del de la celda número 10!

Y el de la 11, en un movimiento espasmódico, estiró los dedos y se estremeció dos veces antes de tocar la puerta.

La celda se hallaba iluminada, como ordena el reglamento de la sección de máxima seguridad. Normalmente, un guardián debía permanecer en el corredor y abrir, cada hora, la mirilla de los cinco condenados a muerte.

Las manos del preso de la celda 11 acariciaron la cerradura con un ademán que un paroxismo de angustia volvía solemne.

La puerta se abrió. La silla del carcelero estaba allí, vacía.

Entonces, el hombre echó a correr, con el cuerpo doblado, presa del vértigo. Su rostro era de un blanco mate, y solo los párpados de sus ojos verdosos se hallaban teñidos de rojo.

Tres veces volvió sobre sus pasos porque se había equivocado de camino y tropezaba con puertas cerradas.

Al fondo de un corredor, oyó voces: unos carceleros fumaban y hablaban en voz alta en una especie de cuerpo de guardia.

Finalmente llegó a un patio donde, de tanto en tanto, el haz luminoso de una linterna quebraba la oscuridad. A cien metros de él, ante la poterna, un centinela hacía guardia.

En otra parte, se veía una ventana iluminada y a un hombre, con la pipa en la boca, inclinado sobre una mesa cubierta de papelotes.

Al del 11 le habría gustado leer de nuevo la nota que, tres días antes, había encontrado en el fondo de su escudilla; pero la había masticado y tragado tal como le había recomendado el remitente. Y, aunque una hora antes se sabía de memoria el texto, en aquellos momentos había pasajes que le era imposible recordar con exactitud.

El 15 de octubre, a las dos de la madrugada, la puerta de tu celda estará abierta y el carcelero ocupado en otra parte. Si sigues el camino aquí trazado…

El hombre se pasó una mano que le ardía por la frente, miró con terror los haces luminosos y estuvo a punto de gritar cuando oyó pasos. Pero procedían del otro lado del muro, en la calle.

Gente libre, hablando, mientras que el pavimento resonaba bajo sus tacones.

—Cuando pienso que se atreven a cobrar cincuenta francos por una butaca…

Era una mujer.

—¡Bah! Tienen muchos gastos… —replicó una voz varonil.

Y el preso palpaba el muro, se paraba porque había tropezado con una piedra, aguzaba el oído, estaba tan lívido y ridículo, con sus brazos interminables que golpeaban el vacío, que en cualquier otra parte lo habrían tomado por un borracho.

El grupo se hallaba a menos de cincuenta metros del preso, invisible, en un hueco situado al lado de una puerta donde se leía ECONOMATO.

El comisario Maigret no quiso apoyarse contra el muro de ladrillos oscuros. Con las manos en los bolsillos del abrigo, estaba plantado sobre sus fuertes piernas, tan rigurosamente inmóvil que daba la impresión de una masa inanimada.

Pero, a intervalos regulares, se oía el crujir de su pipa. Se adivinaba en su mirada una ansiedad que no conseguía aplacar.

Diez veces tuvo que tocar el hombro del juez de instrucción, Coméliau, que no paraba quieto.

El magistrado había llegado a la una, procedente de una fiesta, con traje de etiqueta, con el fino bigote cuidadosamente recortado y el rostro más animado que de costumbre.

Junto a ellos, con el ceño fruncido y el cuello de la chaqueta subido, estaba el señor Gassier, director de la Santé, que fingía desinteresarse de lo que estaba ocurriendo.

Hacía frío. El guardia, junto a la poterna, golpeaba el suelo con los pies, y, al respirar, despedía en el aire finas columnas de vaho.

No podían ver al preso, que evitaba las partes iluminadas. Pero, por mucho cuidado que tuviese en no hacer ruido, se le oía ir y venir: seguían sus más leves movimientos.

Pasados diez minutos, el juez se acercó a Maigret y abrió la boca para hablar. Pero el comisario le apretó con tal fuerza el hombro que el magistrado se calló, soltó un suspiro y sacó por inercia del bolsillo un cigarrillo, que le quitaron de las manos.

Los tres lo habían comprendido. El de la celda 11 no encontraba el camino y corría el peligro de toparse, de un momento a otro, con una ronda.

¡Y no se podía hacer nada! No podían conducirlo hasta donde, al pie del muro, lo esperaba un paquete con ropa y una cuerda de nudos colgante.

De vez en cuando pasaba un coche por la calle, también gente que hablaba, y las voces resonaban de una forma especial en el patio de la prisión.

Los tres hombres solo podían intercambiar miradas. Las del director eran hoscas, irónicas, feroces. El juez Coméliau sentía cómo aumentaba su inquietud al tiempo que su nerviosismo.

Maigret era el único que permanecía tranquilo, confiado, con control de sí mismo. Pero, si hubiesen estado a plena luz, habrían visto que su frente brillaba de sudor.

Cuando sonó la media, el hombre iba aún a la deriva. Pero, al instante siguiente, los tres hombres que espiaban sus movimientos se sobresaltaron a la vez.

No oyeron un suspiro, pero sí lo intuyeron. E intuían también, notaban la precipitación febril del hombre que acababa de tropezar por fin con el paquete de ropa y de descubrir la cuerda.

Los pasos del guardia marcaban, con su ritmo, el paso del tiempo. El juez se arriesgó a decir en voz baja:

—¿Está usted seguro de que…?

Maigret lo miró de tal forma que el magistrado se calló. Y la cuerda se movió. Se vio una mancha más clara a lo largo del muro: el rostro del hombre de la 11, que ascendía a pulso.

¡El ascenso fue largo! Diez, veinte veces más largo de lo que habían previsto. Y cuando llegó a lo alto del muro, por unos instantes creyeron que abandonaba la partida, porque ya no se movía.

Se le veía, ahora, como una sombra chinesca, aplastado contra el remate del muro.

¿Acaso tenía vértigo? ¿O tal vez dudaba en bajar a la calle? ¿Quizá se lo impedían gente que pasaba o enamorados acurrucados en algún rincón?

El juez Coméliau chascó los dedos con impaciencia. El director dijo en voz baja:

—Supongo que ya no me necesitará…

Por fin, el preso izó la cuerda y la lanzó al otro lado del muro.

El hombre desapareció.

—Si no confiase tanto en usted, le juro que jamás me habría dejado embarcar en semejante aventura… ¡Debo decirle que sigo creyendo culpable a Heurtin…! ¿Y si se le escapa ahora…?

—¿Le veré mañana? —se limitó a preguntar Maigret.

—Estaré en mi despacho a partir de las diez…

Se estrecharon las manos en silencio. El director alargó la suya de mala gana y masculló unas palabras incomprensibles mientras se alejaba.

Maigret permaneció aún unos instantes junto al muro,

pero se dirigió a la poterna al oír que alguien se alejaba a toda prisa. Saludó al funcionario con un movimiento de la mano, echó una mirada a la calle desierta y dobló la esquina de la calle Jean-Dollent.

—¿Se ha ido? —preguntó, dirigiéndose a una sombra adosada a la pared.

—Hacia el bulevar Arago. Dufour y Janvier le siguen…

—Puedes irte a dormir…

Maigret estrechó distraídamente la mano del inspector, luego se alejó con pasos pesados, con la cabeza baja, mientras encendía la pipa.

Eran las cuatro de la madrugada cuando empujó la puerta de su despacho, en el Quai des Orfèvres. Suspirando, se quitó el abrigo, se bebió la mitad de un vaso de cerveza tibia que se encontraba entre los papeles y se dejó caer en su sillón.

Frente a él, había una carpeta llena de documentos, en la que un empleado de la policía judicial había escrito con una bonita letra redondilla: «Caso Heurtin».

La espera duró tres horas. La bombilla eléctrica, sin pantalla, estaba rodeada de una nube de humo que se estiraba al más ligero movimiento del aire.

De vez en cuando Maigret se levantaba para atizar el fuego de la estufa; luego, volvía a ocupar su sitio no sin quitarse antes la chaqueta, el cuello postizo y finalmente el chaleco.

Tenía el teléfono junto a él, y hacia las seis descolgó para asegurarse de que lo habían conectado con la ciudad.

La carpeta amarilla estaba abierta. Informes, recortes de periódicos, atestados y fotografías se habían deslizado sobre la mesa. Maigret los miraba de lejos, acercando a veces un documento, no tanto para leerlo como para hacerse una idea.

Entre todos esos papeles, destacaba un titular elocuente, impreso a dos columnas en el periódico: «Joseph Heurtin, el asesino de la señora Henderson y de su doncella, ha sido condenado a muerte esta mañana».

Y Maigret fumaba sin descanso, mirando con ansiedad el teléfono, que permanecía obstinadamente mudo.

A las seis y diez sonó el teléfono, pero se habían equivocado de número.

Desde su sitio, el comisario podía leer fragmentos de distintos documentos que, por otra parte, conocía de memoria.

> Joseph Jean-Marie Heurtin, natural de Melun, de veintisiete años, repartidor al servicio del señor Gérardier, florista de la calle de Sèvres...

Aparecía su foto, hecha un año antes en una feria de Neuilly. Un muchacho alto, con brazos desmesuradamente largos, de cabeza triangular, tez pálida, cuya ropa evidenciaba una coquetería de mal gusto.

> Una tragedia salvaje en Saint-Cloud.
> Una rica americana y su doncella son apuñaladas.

Eso había sucedido en julio.

Maigret apartó las siniestras fotografías del laboratorio de la policía científica: los dos cadáveres vistos desde todos los ángulos, con sangre por todas partes, rostros con los rasgos deformados y los camisones en desorden, manchados, desgarrados…

El comisario Maigret, de la policía judicial, acaba de esclarecer el crimen de Saint-Cloud. El asesino está entre rejas.

Buscó, entre las hojas esparcidas, el recorte de periódico de hacía solo diez días:

Joseph Heurtin, el asesino de la señora Henderson y de su doncella, ha sido condenado a muerte esta mañana.

En el patio de la prefectura, una furgoneta celular descargaba su cosecha nocturna, compuesta, sobre todo, por mujeres. Empezaban a oírse los pasos en los pasillos y la bruma se disipaba por encima del Sena.

El teléfono sonó.

—Sí. ¿Dufour…?

—Soy yo, jefe…

—¿Y bien?

—Nada… Es decir… Si quiere, voy hasta allí… Por el momento, con Janvier es suficiente…

—¿Dónde se encuentra?

—En La Citanguette…

—¿Cómo…? ¿La qué…?

—Una taberna, cerca de Issy-les-Moulineaux… Cojo un taxi y enseguida estoy ahí y le pongo al corriente…

Mientras esperaba, Maigret iba de un lado para otro, le pidió al asistente que le subieran café y cruasanes del bar-restaurante Dauphine.

Estaba empezando a desayunar cuando el inspector Dufour, bajito, de aspecto muy correcto con su traje gris, con un cuello postizo muy alto y muy duro, entró con el aire misterioso que le era propio.

—Ante todo, ¿qué es La Citanguette? —masculló Maigret—. ¡Siéntate…!

—Una taberna de marineros, al borde del Sena, entre Grenelle e Issy-les-Moulineaux…

—¿Ha ido directamente allí?

—Pues no… Ha sido un milagro que no le hayamos perdido la pista Janvier y yo…

—¿Has desayunado?

—Sí, en La Citanguette…

—Entonces, cuéntame…

—Usted lo vio marcharse, ¿verdad…? Entonces echó a correr como si tuviese un miedo terrible a que lo atrapasen de nuevo… No se relajó hasta llegar al Lion de Belfort, que contempló como si estuviese atontado…

—¿Sabía que lo seguían?

—Seguramente no. No se volvió ni una sola vez…

—Continúa…

—Un ciego, o alguien que no conoce París, se habría comportado del mismo modo… De repente, tomó la calle que atraviesa el cementerio de Montparnasse y cuyo nombre he olvidado… No había ni un alma… El lugar era lúgubre… Es evidente que él no sabía dónde estaba, porque cuando, a través de la verja, vio las tumbas echó de nuevo a correr…

—Prosigue…

Maigret, con la boca llena, parecía más sereno.

—Llegamos a Montparnasse… Los cafés grandes estaban cerrados… Pero algunas salas de fiestas aún se encontraban abiertas… Recuerdo que se detuvo delante de una de ellas, de la que salía música de jazz… Una florista se acercó a él ofreciéndole una flor y él echó de nuevo a andar…

—¿En qué dirección?

—¡En ninguna! Siguió el bulevar Raspail; volvió sobre sus pasos por una calle transversal y se encontró otra vez delante de la estación de metro Montparnasse…

—¿Qué aspecto tenía?

—¡Ningún aspecto! El mismo que ante el juez de instrucción, que ante el tribunal de lo penal… Completamente pálido… Y con una mirada extraviada, asustada… Imposible definirla… Media hora después nos encontrábamos en el mercado de Les Halles…

—¿Y nadie habló con él?

—¡Nadie!

—¿No echó ninguna carta en algún buzón?

—¡Se lo juro, jefe! Janvier lo seguía por una acera, y yo, por la otra… No lo hemos perdido de vista ni un solo instante… Bueno, se detuvo un segundo ante un puesto donde vendían salchichas calientes y patatas fritas… Dudó… Pero se fue de allí tal vez porque vio a un agente de uniforme…

—¿No te ha parecido que buscara alguna dirección?

—¡En absoluto! Más bien uno lo habría tomado por un borracho que camina sin rumbo… De nuevo estábamos a orillas del Sena, en la plaza de la Concorde… Y entonces se le ocurrió seguir la orilla… Se sentó dos o tres veces…

—¿Dónde?

—Una vez sobre el parapeto de piedra… Otra en un banco… No me atrevería a jurarlo, pero creo que esa vez estuvo llorando… En todo caso, se cubrió la cara con las manos…

—¿No había nadie en el banco?

—Nadie… Luego siguió andando… ¡Imagínese el camino hasta Moulineaux…! A veces se detenía para mirar el agua… Los remolcadores empezaban a circular… Luego, las calles se llenaron de obreros de las fábricas… Y él seguía andando como si no tuviera la menor idea de qué hacer a continuación…

—¿Eso es todo?

—Más o menos… Espere… En el puente Mirabeau se metió las manos en los bolsillos y sacó un objeto…

—Billetes de diez francos…

—Eso creímos ver Janvier y yo… Entonces buscó algo alrededor… ¡Seguramente una taberna…! Pero en la orilla derecha no había nada abierto… Cruzó el puente… En un bar pequeñito, lleno de taxistas, se tomó una taza de café y una copa de ron…

—¿La Citanguette?

—Aún no. Janvier y yo teníamos las piernas destrozadas de tanto andar. ¡Y no podíamos tomar nada para calentarnos…! Salió de la taberna… Dio vueltas y más vueltas… Janvier, que ha apuntado todas las calles por las que pasó, le hará un informe detallado… Finalmente, regresó a los muelles, cerca de una gran fábrica… Aquello está desierto…

»Hay algunos bosquecillos y hierbas, como en el campo, entre dos montones de materiales viejos… Al lado de una grúa, se veían varias chalanas amarradas... Tal vez unas veinte...

»En cuanto a La Citanguette, se trata de una taberna que nadie espera encontrar allí... Una taberna, donde sirven comidas... A la derecha, hay un cobertizo, con una pianola, y un anuncio que reza: BAILE LOS SÁBADOS Y DOMINGOS.

»El hombre tomó otra taza de café y otra copa de ron. Le sirvieron salchichas, después de esperar un buen rato... Habló con el dueño del local y, tras un cuarto de hora, los dos subieron al primer piso...

»Cuando el dueño volvió, entré. Le pregunté directamente si alquilaba habitaciones. Y él me contestó: "¿Por qué...? ¿No tiene los papeles en regla...?".

»Un tipo que debe de estar acostumbrado a tratar con la policía. No valía la pena engañarlo. Preferí asustarlo. Le dije que, si le decía algo a su cliente, le cerraríamos la taberna...

»No lo conocía... ¡Estoy seguro...! La especialidad de la casa son los marineros y, a las doce del mediodía, aparecen los obreros de la fábrica vecina, que acuden a tomar el aperitivo...

»Parece que, en cuanto Heurtin entró en la habitación, se arrojó sobre la cama sin siquiera quitarse los zapatos... El dueño se lo comentó y él los arrojó al suelo; luego se durmió al instante...

—¿Janvier se ha quedado allí? —preguntó Maigret.

—Sí. Podemos llamarlo, porque La Citanguette tiene teléfono debido a que los marineros necesitan contactar a menudo con los armadores...

El comisario descolgó. Instantes más tarde Janvier se hallaba al otro lado de la línea.

—¡Hola! ¿Nuestro hombre…?

—Está durmiendo…

—¿Nada sospechoso que señalar?

—¡Nada! ¡Calma chicha…! Se le oye roncar desde la escalera…

Maigret colgó, y examinó de pies a cabeza la figura menuda de Dufour.

—No lo dejarás escapar, ¿verdad? —preguntó el comisario.

El inspector se disponía a protestar. Pero el comisario le puso la mano en el hombro y prosiguió con voz grave:

—Escúchame, amigo mío: sé que harás todo lo posible por que no se escape… Pero ten en cuenta que me estoy jugando mi puesto… Y también muchas otras cosas… Por otra parte, no puedo ir allí, porque ese animal me conoce…

—Le juro, comisario…

—¡No jures…! ¡Vuelve allí…!

Y Maigret, con gesto seco, devolvió los diversos documentos a la carpeta, que metió en un cajón.

—Y, sobre todo, si necesitas hombres, no dudes en pedírmelos…

La foto de Joseph Heurtin permanecía sobre la mesa; Maigret observó unos instantes su cabeza huesuda, sus orejas de soplillo, sus voluminosos labios pálidos…

Tres médicos forenses habían examinado al hombre. Dos habían declarado: «Inteligencia mediocre. Consciente de sus actos».

El tercero, citado por la defensa, se había atrevido tímidamente a decir: «Posible atavismo. Responsabilidad atenuada».

Maigret, que había detenido a Joseph Heurtin, había declarado al jefe de la policía, al procurador de la República y al juez de instrucción: «¡O está loco o es inocente!».

Y se había comprometido a demostrarlo.

En el pasillo se oían los pasos del inspector Dufour, que se alejaba a brincos.

2

El hombre que duerme

Eran las once cuando Maigret, después de una breve entrevista con el juez Coméliau, quien no lograba tranquilizarse, llegó a Auteuil.

El tiempo estaba gris; el pavimento, sucio, y el cielo, a ras de los tejados. A lo largo del muelle que seguía el comisario se alineaban lujosos edificios, mientras que, en la otra orilla, el decorado era propio de los suburbios: fábricas, solares baldíos, muelles de descarga abarrotados de materiales amontonados…

Entre aquellos dos espectáculos, se veía el Sena, de un gris plomizo, agitado por el vaivén de los remolcadores.

No era difícil divisar La Citanguette, incluso de lejos, porque la casa se elevaba, aislada, en medio de un terreno donde se acumulaba de todo: montones de ladrillos, viejos chasis de coches, cartones embreados y hasta raíles de ferrocarril.

Una construcción de un solo piso, pintada de un rojo feo, con una terraza ocupada por tres mesas y el tradicional toldo en el que estaban impresas las siguientes palabras: VINOS - BOCADILLOS.

Se veía a individuos que debían de descargar cemento, porque estaban blancos de pies a cabeza. En el umbral, al salir, estrecharon la mano de un hombre con delantal azul, el dueño de la taberna, y después se dirigieron sin prisas hacia una chalana amarrada en el muelle.

Maigret tenía el rostro cansado, la mirada apagada, y no se debía al haber pasado una noche en blanco.

Era habitual en él aflojar la tensión, relajarse cada vez que se acercaba a su objetivo, tras haberlo perseguido tenazmente.

Era como una especie de hastío, contra el cual no reaccionaba.

Avistó un hotel justo enfrente de La Citanguette y se dirigió al mostrador de recepción.

—Quisiera una habitación que dé al muelle.

—¿Por meses?

Se encogió de hombros. No era el mejor momento para fastidiarlo.

—¡Por el tiempo que me apetezca! Policía judicial…

—No tenemos nada libre.

—¡Bien! Enséñeme el registro.

—Es decir… ¡Espere…! Tengo que llamar al mozo de planta para asegurarme de que la dieciocho…

—¡Imbécil! —dijo Maigret entre dientes.

Le dieron la habitación, como se podría suponer. El hotel era lujoso. El mozo preguntó:

—¿Hay que subir equipaje?

—¡En absoluto! Tráeme solamente unos prismáticos.

—Pero… Yo no sé si…

—¡Vamos…! Búscame unos prismáticos donde sea…

Se quitó el abrigo suspirando, abrió la ventana y llenó la pipa. Antes de que transcurrieran cinco minutos, le llevaron unos prismáticos de nácar.

—Son de la gerente. Le ruega que…

—¡Está bien…! ¡Desaparece…!

Conocía ya la fachada de La Citanguette en sus más mínimos detalles.

Una ventana del primer piso estaba abierta. Se veía una cama deshecha, con un enorme edredón rojo en medio y unas zapatillas de paño sobre una alfombra de piel de cordero.

—¡La habitación del dueño!

Al lado, otra ventana cerrada. Luego, una tercera, que estaba abierta, y en la que se veía a una mujer gruesa en camisón, peinándose.

—La dueña… O la criada…

Abajo, el tabernero limpiaba las mesas. En una de ellas, se hallaba instalado el inspector Dufour ante una botella de vino tinto.

Era evidente que los dos hombres estaban hablando.

Más lejos, a la orilla del muelle de piedra, un joven rubio, con impermeable y gorra gris, parecía vigilar la descarga de cemento de la chalana.

Era el inspector Janvier, uno de los agentes más jóvenes de la policía judicial.

Maigret fue hacia la cabecera de la cama, donde se encontraba el teléfono y lo descolgó.

—¡Hola! ¿Recepción?

—¿En qué puedo ayudarle?

—Póngame con la taberna que se encuentra en la otra orilla del río y que se llama La Citanguette…

—Muy bien —asintió una voz afectada.

Tuvo que esperar un buen rato. Desde la ventana, Maigret vio, por fin, al dueño dejar el trapo y dirigirse hacia una puerta. Inmediatamente sonó el teléfono en la habitación.

—Ya puede hablar con el número que ha pedido…

—¡Hola! ¿La Citanguette…? ¿Quiere pedirle al cliente que se encuentra en su establecimiento que se ponga al aparato…? Sí… No hay error posible, puesto que solo hay uno…

Y por la ventana volvió a ver dueño del local, desconcertado, dirigiéndose a Dufour, quien entró en la cabina.

—¿Eres tú?

—¿Es usted, jefe?

—Estoy enfrente, en el hotel que puedes ver desde donde estás… ¿Qué hace nuestro hombre?

—Dormir.

—¿Lo has visto?

—Hace un momento pegué la oreja a su puerta… Lo oí roncar… Entonces, entreabrí la puerta y lo vi… Está acurrucado en la cama completamente vestido…

—¿Estás seguro de que el dueño no lo ha avisado?

—¡Le da demasiado miedo la policía! En otra época tuvo problemas con ella. Le amenazaron con retirarle la licencia. Desde entonces, va con mucho cuidado…

—¿Cuántas entradas hay?

—Dos… La principal y una puerta que da a un patio… Janvier vigila esta última desde su puesto…

—¿No ha subido nadie al piso?

—¡Nadie! Y no se puede subir sin pasar por delante de donde yo me encuentro, porque la escalera está en la misma taberna, tras la barra…

—Está bien… Come ahí… Te llamaré en cuanto pueda… Procura parecer el empleado de un armador…

Maigret colgó, arrastró un sillón hasta la ventana abierta, sintió frío y se puso el abrigo.

—¿Ha terminado? —preguntó la telefonista del hotel.

—Sí. Pida que me suban cerveza… Y picadura.

—No tenemos tabaco.

—Bueno, pues envíe a alguien a comprarlo.

A las tres de la tarde seguía en el mismo sitio, con los prismáticos sobre las rodillas, un vaso vacío al alcance de la mano y, a pesar de la ventana abierta, un fuerte olor a pipa que impregnaba toda la habitación.

Había dejado en el suelo los periódicos de la mañana, que, según el comunicado de la policía, anunciaban: «Un condenado a muerte se evade de la Santé».

Y Maigret, de vez en cuando, se encogía de hombros y cruzaba y descruzaba las piernas.

A las tres y media lo llamaron de La Citanguette.

—¿Alguna novedad? —preguntó.

—Nada. El hombre sigue durmiendo…

—¿Entonces?

—Me han llamado del Quai des Orfèvres para preguntarme dónde estaba usted. Parece ser que el juez de instrucción necesita hablar con usted inmediatamente…

Esta vez Maigret no se encogió de hombros, sino que lanzó una exclamación. Volvió a descolgar y llamó a la telefonista.

—Póngame con el ministerio fiscal, señorita… Urgente…

¡Sabía perfectamente lo que el señor Coméliau le diría!

—¡Hola! ¿Es usted, comisario…? ¡Por fin…! Nadie sabía decirme dónde se encontraba usted… Pero, en el Quai des Orfèvres, me he enterado de que había apostado agentes en La Citanguette… He pedido que llamasen allí…

—¿Qué ocurre?

—Ante todo, ¿qué novedades hay?

—¡Absolutamente ninguna! El hombre está durmiendo…

—¿Está usted seguro…? ¿No ha huido…?

—Exagerando un poquitito, le diré que, desde donde estoy, lo veo dormir…

—¿Sabe usted que empiezo a lamentar…?

—¿… haberme hecho caso? Pero, ya que el propio ministro de Justicia está de acuerdo…

—Escuche, los periódicos de la mañana han publicado su comunicado…

—Lo he visto.

—¿Ha leído también la prensa del mediodía…? ¿No…? Hágase con el *Sifflet*… Ya sé que es un periodicucho que se dedica a hacer chantajes…; pero aun así… No cuelgue el teléfono… ¡Hola! ¿Sigue ahí…? Voy a leerle… Es un artículo del *Sifflet*, titulado «Razón de Estado»… ¿Me escucha, Maigret…? Es este…

Los periódicos de la mañana han publicado un comunicado semioficial en el que anunciaban que Joseph Heurtin, condenado a muerte por el tribunal del Sena y encarcelado en la Santé, en la sección de máxima seguridad, se ha evadido en circunstancias inexplicables.

Podemos añadir que estas circunstancias no son tan inexplicables para todo el mundo.

De hecho, Joseph Heurtin no se ha evadido, sino que lo han obligado a evadirse, y eso la víspera de su ejecución.

Aún no podemos dar detalles sobre la burda comedia que se ha interpretado esta noche en la Santé, pero sí podemos afirmar que es la propia policía, de acuerdo con las autoridades judiciales, la que ha presidido este simulacro de evasión.

¿Lo sabe Joseph Heurtin?

Por lo demás, nos faltan palabras para calificar esta operación casi única en los anales del crimen.

Maigret había escuchado hasta el final sin inmutarse. Al otro extremo de la línea, la voz del juez se oyó menos firme:

—¿Qué opina al respecto?

—Pues que esto demuestra que yo tenía razón… No ha sido el *Sifflet* el que lo ha averiguado por sí solo… Ni ninguno de los seis funcionarios que estábamos al tanto de la operación ha hablado… Es…

—¿Es…?

—Se lo diré esta tarde… Todo procede según lo previsto, señor Coméliau.

—¿De verdad lo cree usted…? ¿Y si toda la prensa se hace eco de esta información?

—Será un escándalo.

—Mire…

—¿Acaso la cabeza de un hombre no vale un escándalo?

Cinco minutos después llamó a la prefectura.

—¿El sargento Lucas…? Escucha, amigo mío… Debes

ir inmediatamente a la redacción del *Sifflet,* calle Montmartre… Quiero que hables personalmente con el director… Intimídalo… Hay que saber de dónde ha sacado la información referente a la evasión de la Santé… Pondría la mano en el fuego a que esta mañana ha recibido una carta o un correo neumático… Busca el documento… Y tráemelo aquí… ¿Entendido?

La telefonista preguntó:

—¿Ha terminado?

—¡No, señorita! Póngame con La Citanguette…

Y el inspector Dufour le repetía un poco más tarde:

—¡Sigue durmiendo…! Hace un momento estaba con la oreja pegada a la puerta y lo oí gemir: «¡Mamá…!». Debía de tener una pesadilla.

Con los prismáticos enfocados en la ventana cerrada del primer piso de La Citanguette, Maigret podía imaginarse al hombre dormido con la misma claridad y nitidez que si hubiese estado junto a la cabecera de su cama.

Y, sin embargo, solo lo conocía desde julio, desde aquel día que, cuarenta y ocho horas después del crimen de Saint-Cloud, le había puesto la mano sobre el hombro murmurando:

—Nada de escándalos. Sígueme, muchacho…

Joseph Heurtin ocupaba una habitación del sexto piso en una modesta pensión de la calle Monsieur-le-Prince.

La encargada de la pensión dijo de él:

—Es un muchacho ordenado, tranquilo, trabajador. Si no fuera porque a veces tiene un aspecto algo extraño…

—¿Recibía visitas?

—¡Ninguna! Y nunca, salvo últimamente, regresaba después de medianoche…

—¿Y últimamente?

—En un par o tres de ocasiones regresó tarde… Una vez…, era miércoles, llegó poco antes de las cuatro de la madrugada…

Ese miércoles fue el día en que se cometió el crimen de Saint-Cloud. Y los forenses afirmaron que la muerte de las dos mujeres se había producido hacia las dos de la mañana.

Además, ¿no poseían pruebas concluyentes de la culpabilidad de Heurtin? Había sido Maigret quien había descubierto aquellas pruebas.

La mansión se hallaba en la carretera de Saint-Germain, apenas a un kilómetro del café Pavillon Bleu. Ahora bien, hacia medianoche, Heurtin entró solo en ese establecimiento y se bebió, uno tras otro, cuatro ponches. Al pagar, se le cayó del bolsillo un billete de tercera clase del trayecto París-Saint-Cloud.

La señora Henderson, viuda de un diplomático americano relacionado con las familias más importantes del mundo de las finanzas, vivía sola en la mansión, cuya planta baja permanecía vacía desde la muerte de su marido.

Solo tenía una sirviente, que ejercía más de dama de compañía que de doncella, llamada Élise Chatrier. Se trataba de una francesa que había pasado su infancia en Inglaterra y que había recibido una excelente educación.

Dos veces por semana venía de Saint-Cloud un jardinero para ocuparse del pequeño jardín que rodeaba la mansión.

Pocas visitas. De tarde en tarde, la de William Crosby, sobrino de la anciana, y su esposa.

Aquella noche de julio —era el día 7— los coches circulaban como de costumbre por la gran carretera que conduce a Deauville.

A la una de la madrugada, el Pavillon Bleu, los otros restaurantes y las salas de baile cierran sus puertas.

Un automovilista declaró que hacia los dos y media había visto luz en el primer piso de la mansión y sombras que se movían de forma extraña.

A las seis llegó el jardinero; aquel día le tocaba trabajar. Tenía la costumbre de empujar la verja sin hacer ruido, y a las ocho Élise Chatrier lo llamaba para servirle el desayuno.

Pero ese día a las ocho no oyó ningún sonido proveniente de la casa. A las nueve, las puertas de la mansión seguían cerradas. Inquieto, llamó, y, al no obtener respuesta, fue a avisar al agente de guardia que se hallaba en el cruce más próximo.

Un poco más tarde descubrieron el crimen. En la habitación de la señora Henderson, el cadáver de la anciana se hallaba tendido de través sobre la alfombra, con el camisón ensangrentado, el pecho traspasado por una docena de puñaladas.

Élise Chatrier había sufrido la misma suerte en la habitación contigua, que ocupaba a petición de su señora, que temía sentirse indispuesta durante la noche.

Un doble asesinato salvaje. Lo que la policía llama un crimen infame en todo su horror.

Y huellas por todas partes: huellas de pasos, huellas sangrientas de dedos en las cortinas…

Se llevaron a cabo las formalidades habituales: comparecencia del juez, llegada de los especialistas de la científica, numerosos análisis y autopsias…

Le encargaron la investigación policial a Maigret, quien al cabo de dos días dio con la pista de Heurtin.

¡Sus trazas eran tan claras! En los pasillos de la mansión no había alfombras y habían encerado el parquet.

Algunas fotografías fueron suficientes para obtener huellas de pasos de una claridad excepcional.

Se trataba de unos zapatos con las suelas de goma completamente nuevos. A fin de evitar que la goma resbalase con la lluvia, estaba estriada de una forma particular y, en el centro, se leía aún el nombre del fabricante y el número de serie.

Unas horas más tarde, Maigret entraba en una zapatería del bulevar Raspail y comprobaba que el único par de zapatos de esa clase y número —el cuarenta y cuatro— había sido vendido en las últimas dos semanas.

—Se trata de un repartidor que llegó con su triciclo. Lo vemos a menudo por el barrio…

Unas horas después, el comisario interrogó al señor Gérardier, el florista de la calle de Sèvres, y encontró los famosos zapatos que calzaba el repartidor, un tal Joseph Heurtin.

Solo restaba comparar las huellas dactilares. Realizaron el análisis en los locales de la policía científica, en el Palacio de Justicia.

Instrumental en mano, los especialistas se pusieron a la tarea, y la conclusión fue inmediata:

—¡Es él!

—¿Por qué lo has hecho?

—Yo no las he matado.

—¿Quién te facilitó la dirección de la señora Henderson?

—Yo no las he matado.

—¿Qué hacías en su mansión a las dos de la madrugada?

—No lo sé.

—¿Cómo regresaste de Saint-Cloud?

—¡Yo no he regresado de Saint-Cloud!

Tenía la cabeza grande, terriblemente deformada, y el rostro pálido. Y sus párpados estaban enrojecidos, como si no hubiera dormido en varias noches.

En su habitación de la calle Monsieur-le-Prince descubrieron un pañuelo ensangrentado, y los químicos, tras afirmar que se trataba de sangre humana, comprobaron que presentaba características similares a la de la señora Henderson.

—Yo no he matado a nadie…

—¿Quién quieres como abogado?

—Yo no quiero abogado…

Se le designó uno de oficio, el señor Joly, que solo tenía treinta años y que representó a su cliente sabiendo que no había posibilidad de salvarlo.

Los psiquiatras tuvieron a Heurtin en observación durante siete días; luego declararon:

—¡No tiene ningún trastorno! Este hombre es consciente de sus actos, a pesar de su abatimiento actual, resultado de una intensa crisis nerviosa.

Era la época de las vacaciones. Se pidió a Maigret que llevara una investigación en Deauville. El juez de instrucción Coméliau consideró el caso bastante claro y declararon culpable a Heurtin.

No se tuvo en cuenta que Heurtin no había robado nada, que no existía ningún interés evidente en la muerte de la señora Henderson y de su doncella.

Maigret había investigado su vida remontándose hasta su niñez. Y sabía cómo había evolucionado con el tiempo, tanto física como moralmente.

Había nacido en Melun, donde su padre era camarero del Hotel de la Seine, y su madre, lavandera.

Tres años más tarde sus padres abrieron una taberna no lejos de la cárcel, y el negocio les fue mal. Entonces montaron una posada en Nandy, en el departamento de Sena y Marne.

Joseph Heurtin tenía seis años cuando nació su hermana Odette.

Maigret poseía un retrato de él, vestido de marinero, en cuclillas ante la piel de oso donde se hallaba tumbada su hermana, con los brazos y las piernas al aire, muy rolliza.

A los trece años, Heurtin cuidaba de los caballos y ayudaba a su padre a servir a los clientes.

A los diecisiete, era camarero en una elegante hostelería en Fontainebleau.

A los veintiuno, finalizado el servicio militar, llegó a París, se instaló en la calle Monsieur-le-Prince y se colocó de repartidor en la tienda de flores del señor Gérardier.

—Leía mucho… —dijo este.

—¡Su única distracción era ir al cine! —afirmó la dueña de la pensión donde se alojaba.

Pero ¡ninguna relación directa con la mansión de Saint-Cloud!

—¿Habías ido antes a Saint-Cloud?

—Nunca.

—¿Qué hacías los domingos?

—Leía.

La señora Henderson no era cliente del florista. A ojos de un ladrón, su mansión no se diferenciaba de cualquier otra. Además, ¡no habían robado nada!

—¿Por qué no hablas?

—¡No tengo nada que decir!

Durante un mes, Maigret había dirigido la investigación en Deauville, donde finalmente había echado el guante a una banda de estafadores internacionales.

En septiembre visitó a Heurtin en su celda de la Santé, y se encontró con un despojo humano.

—¡No sé nada! ¡Yo no he matado a nadie…!

—Sin embargo, estuviste en Saint-Cloud…

—Solo quiero que me dejen en paz…

—¡Un caso sencillo! —había dicho el tribunal—. Lo reservaremos para el inicio de la temporada judicial.

Y el 1 de octubre Heurtin inauguraba la apertura de los tribunales.

El abogado defensor, Joly, solo había encontrado un sistema de defensa: exigir un informe médico del estado mental de su cliente. El médico elegido declaró: «Responsabilidad atenuada…».

A lo cual el ministerio fiscal replicó: «¡Crimen infame! Si Heurtin no se llevó nada, fue porque se lo impediría alguna circunstancia… De todas formas, le asestó dieciocho puñaladas…».

Mostraron fotografías de las víctimas a los magistrados, que estos rechazaron con repugnancia.

—¡Culpable de todos los cargos!

¡Aquello significaba la pena de muerte! Al día siguiente, Joseph Heurtin era trasladado al sector de máxima seguridad con otros cuatro condenados a muerte.

—¿No tienes nada que decirme? —le preguntó Maigret, cuando fue a visitarlo, ya que no se sentía satisfecho de cómo había acabado aquel caso.

—¡Nada!

—¿Sabes que van a ejecutarte?

Y Heurtin lloraba, siempre con aquel rostro pálido, aquellos ojos enrojecidos.

—¿Quién es tu cómplice?

—No tengo…

Maigret iba a verlo todos los días, aunque oficialmente ya no estaba autorizado para seguir con el caso.

Y todos los días encontraba a un Heurtin de aspecto devastado, pero tranquilo, que no temblaba, que, a veces, hasta tenía destello de ironía en sus pupilas.

Hasta que una madrugada el preso oyó pasos en la celda vecina y luego gritos desgarradores…

Habían ido a buscar al de la celda 9, un parricida, para conducirlo a la guillotina.

Al día siguiente, Heurtin, convertido en el número 11, sollozaba. Pero no habló. Se limitó a entrechocar los dientes, tumbado cuan largo era en su camastro y con el rostro vuelto hacia la pared.

Cuando a Maigret se le metía una idea en la cabeza, se anclaba en su mente mucho tiempo.

—Este hombre está loco, o bien es inocente… —afirmó ante el juez Coméliau.

—¡No es posible! Además, ya lo han juzgado.

Maigret, de un metro ochenta, robusto y fuerte como un cargador de muelles, se obstinó:

—Recuerde que no hemos podido comprobar cómo regresó de Saint-Cloud a París… Se ha demostrado que no tomó el tren… ni el tranvía… ¡ni siquiera fue andando!

Soportó las burlas del juez.

—¿Quiere que hagamos un experimento?

—¡Habría que pedir permiso al ministerio!

Y Maigret, pesado, obstinado, allí fue. Él mismo redactó la nota en que se daba al condenado a muerte el plan de su fuga.

—Escuche: o tiene cómplices, y entonces creerá que esta nota procede de ellos, o no los tiene, y en ese caso desconfiará, adivinando que es una trampa. Yo me hago responsable de él. Le aseguro que, en ningún caso, se nos escapará.

¡Era digna de verse la cara ancha, plácida y hosca a la vez del comisario!

Tardó tres días en que aceptaran su propuesta. Agitó el fantasma del error judicial y del escándalo que estallaría tarde o temprano.

—Pero ¡si fue usted mismo quien lo arrestó…!

—Porque, como funcionario de la policía, tengo el deber de sacar conclusiones lógicas de las pruebas materiales…

—¿Y como hombre?

—Espero las pruebas morales…

—¿De las que deducirá…?

—O que está loco, o que es inocente…

—¿Por qué Heurtin no quiere hablar?

—El experimento que propongo nos lo revelará…

Hubo llamadas telefónicas, conferencias.

—Se juega usted la carrera, comisario. Piense en ello.

—Está todo pensado…

Se envió la nota al preso, el cual no se la enseñó a nadie. Durante los tres últimos días, comió con más apetito.

—Así pues, no le ha sorprendido —afirmó Maigret—. ¡Esperaba algo parecido! De modo que tiene cómplices que tal vez le habían prometido liberarlo.

—¡A menos que se haga el idiota…! Y que, apenas se vea fuera de la prisión, se le escape entre los dedos… Su carrera, comisario…

—También está en juego la cabeza de Heurtin…

Y ahora Maigret se encontraba arrellanado en un sillón de cuero, delante de la ventana, en la habitación de un hotel. De vez en cuando dirigía los prismáticos hacia La Citanguette, donde los descargadores y los marineros acudían a tomarse un vaso de vino.

En el muelle, el inspector Janvier, mortalmente aburrido, trataba de mostrar un aspecto desenvuelto.

Dufour —Maigret había observado aquellos detalles— había comido una morcilla acompañada de puré de patatas y ahora se bebía una copa de calvados.

La ventana de la habitación seguía cerrada.

—¡Póngame con La Citanguette, señorita!

—La línea está ocupada.

—¡Me da igual! ¡Corte! —E inmediatamente—: ¿Eres tú, Dufour?

El inspector fue lacónico:

—¡Sigue durmiendo!

Llamaron a la puerta. Era el sargento Lucas, que tuvo un acceso de tos, tan denso era el humo de la pipa que impregnaba el cuarto.

3

El periódico roto

—¿Novedades?

Tras estrechar la mano del comisario, Lucas se sentó al borde de la cama.

—¡Sí, novedades! Pero nada relevante... El director del *Sifflet* acabó por entregarme la carta que ha recibido esta mañana hacia las diez con el asunto de la Santé...

—¡Dame!

El sargento le entregó un papel sucio, lleno de correcciones hechas con lápiz azul, porque, en el *Sifflet*, se habían limitado a suprimir algunos fragmentos de la nota y a ligar las frases entre sí para enviarlas a la imprenta.

Se veían aún en él las indicaciones tipográficas, así como las iniciales del linotipista que había compuesto el artículo.

—Una hoja de papel cuya parte de arriba han cortado, sin duda, para hacer desaparecer un membrete impreso... —dijo Maigret.

—¡Desde luego! ¡Eso es lo que pensé enseguida! Y también pensé que la carta había sido escrita con toda seguridad en un café. He ido a ver a Moers, que dice poder reconocer el papel de carta de la mayoría de los cafés de París...

—¿Y lo has encontrado?

—No ha necesitado ni diez minutos. El papel procede de La Coupole, en el bulevar Montparnasse. Vengo de allí… Desgraciadamente, por él desfilan unos mil clientes todos los días y más de cincuenta personas piden papel para escribir…

—¿Qué ha dicho Moers de la letra?

—¡Todavía nada! Necesito darle la carta para que la analice en profundidad… Mientras tanto, si usted quiere, puedo volver a La Coupole…

Maigret no perdía de vista La Citanguette. La fábrica más cercana acababa de abrir sus puertas a una multitud de obreros, la mayoría en bicicleta, que se alejaban en la penumbra del crepúsculo.

En la planta baja de la taberna solo había una lámpara eléctrica encendida, de modo que el comisario podía seguir las idas y venidas de los clientes.

Había una media docena de clientes ante la barra de cinc y algunos miraban a Dufour con cierta desconfianza.

—¿Qué hace allí? —preguntó Lucas al ver de lejos a su colega—. Pero… ¡si es Janvier quien está contemplando el agua un poco más allá…!

Maigret ya no escuchaba. Desde su sitio, veía la parte baja de la escalera de caracol que terminaba detrás de la barra, por donde acababan de aparecer unas piernas. Por un momento estas se inmovilizaron; luego, una silueta se aproximó a los demás y el rostro pálido de Joseph Heurtin se mostró a plena luz.

El comisario también vio un periódico de la tarde que acababan de poner sobre una mesa.

—Dime, Lucas…, ¿algunos periódicos recogen la información del *Sifflet*?

—No he leído ninguno… Pero seguramente la recogerán, aunque solo sea para fastidiarnos…

Maigret descolgó el teléfono.

—Con La Citanguette, señorita… ¡Rápido…!

Por primera vez desde aquella mañana el comisario se mostraba febril. El dueño del local, al otro lado del Sena, hablaba con Heurtin; seguramente le preguntaba qué quería tomar.

¿Acaso el fugado de la Santé no sentiría deseos de echar una ojeada al periódico que se hallaba al alcance de su mano?

—¡Hola…! ¡Hola! Sí…

Dufour se había puesto en pie y había entrado en la cabina.

—¡Cuidado, amigo…! Hay un periódico sobre la mesa… No debe leerlo… Cueste lo que cueste…

—¿Qué hago entonces?

—¡Rápido…! Acaba de sentarse… Tiene el diario junto a él…

Maigret estaba de pie, crispado. Si Heurtin leía el artículo, se echaría a perder el experimento que tanto le había costado poner en marcha.

Ahora veía al preso, que se había dejado caer en el banco arrimado contra la pared, con los codos sobre la mesa y la cabeza entre las manos.

El dueño le sirvió una copa de coñac.

Dufour se disponía a entrar en el local, para coger el periódico…

Lucas, a pesar de no estar al tanto de los detalles del caso, entendió lo que ocurría y se asomó también a la ventana. Por un instante el paso de un remolcador que llevaba encendidos sus focos blancos, rojos y verdes, y que se puso a silbar desesperadamente les tapó la vista del local.

—¡Ya está! —masculló Maigret en el momento en que Dufour volvía a la sala común de la taberna.

Heurtin, con gesto indiferente, había desplegado el diario. ¿La información que le interesaba se encontraba en la primera página? ¿La vería enseguida?

¿Dufour tendría el valor suficiente para atajar el peligro?

Detalle propio del inspector: este, antes de actuar, sintió la necesidad de volverse hacia el Sena y lanzar una mirada en dirección a la ventana donde se encontraba su jefe.

Menudo y de aspecto atildado, no parecía el más indicado para estar allí, en aquella taberna repleta de rudos descargadores y de obreros.

Sin embargo, se acercó a Heurtin y alargó la mano hacia el periódico. Debió de decirle:

—Disculpe, señor; es mío…

Los clientes que estaban en la barra se volvieron. El preso lo miró con gran asombro.

Dufour insistía, trataba de coger el periódico, se inclinaba hacia delante. Lucas, junto a Maigret, murmuró:

—¡Hum…! ¡Hum…!

¡Y con eso fue suficiente! En efecto, al poco la escena cambió. Heurtin se levantó despacio, como si aún no supiera lo que haría a continuación.

Seguía agarrando el periódico con la mano izquierda. El policía aún no había logrado hacerse con él.

De pronto, con la otra mano, agarró bruscamente un sifón que se encontraba sobre la mesa de al lado y estrelló el frasco de grueso vidrio contra la cabeza del inspector.

Janvier se hallaba solo a cincuenta metros, a la orilla del agua. Sin embargo, no se enteró de nada.

Dufour se tambaleó. Tropezó con la barra, donde se rompieron dos vasos.

Tres hombres se precipitaron hacia Heurtin. Otros dos sostuvieron al inspector por los brazos.

Debió de oírse algo, porque Janvier dejó finalmente de contemplar los reflejos en el agua, volvió la cabeza en dirección a La Citanguette y se dirigió hacia la taberna. Tras haber dado algunos pasos, echó a correr.

—¡Rápido…! Coge un taxi… Ve hasta allí… —le pidió Maigret a Lucas.

Este obedeció sin entusiasmo alguno. Sabía que llegaría demasiado tarde.

El mismo Janvier, que estaba en el lugar…

El preso se debatía, gritando algo. ¿Tal vez acusaba a Dufour de pertenecer a la policía?

En un momento dado, lo soltaron y aprovechó para apagar la lámpara con el sifón que aún sujetaba.

Con las dos manos crispadas sobre la barandilla, el comisario no se movió. En el muelle, debajo de él, un taxi se ponía en marcha. En La Citanguette encendieron una cerilla, pero se apagó enseguida. A pesar de la distancia, Maigret estaba casi seguro de haber oído un disparo.

Transcurrieron unos minutos interminables. El taxi, que había cruzado el puente, avanzaba renqueando a lo largo del camino lleno de baches que seguía la otra orilla del Sena.

Iba tan lento que, a doscientos metros de La Citanguette,

el sargento Lucas saltó del vehículo y echó a correr. ¿Acaso él también había oído el disparo?

Un silbido estridente. Lucas o Janvier, que llamaban…

Y, allá, tras los sucios cristales donde unas letras esmaltadas anunciaban—aunque faltaban la «m» y la «a»— SE PERMITE TRAER COMIDA, se encendió una bombilla, que iluminó a varias figuras inclinadas sobre un cuerpo.

Pero la escena resultaba borrosa. Las siluetas, por lo lejos y lo mal iluminadas, eran irreconocibles.

Sin moverse de la ventana, Maigret telefoneó y dijo con voz ronca:

—¡Hola…! ¿Comisaría de Grenelle…? Manden inmediatamente a agentes en coche para que rodeen La Citanguette… Y que detengan, si trata de huir, a un individuo alto, de cabeza grande, tez pálida… Y avisen a un médico…

Lucas ya se encontraba en el lugar de los acontecimientos… El taxi se había detenido delante de una de las puertas de cristal de la taberna y ocultaba al comisario parte del local.

De pie sobre una silla, el dueño del local estaba colocando una nueva bombilla, y una luz cruda inundó la pieza.

Sonó el teléfono.

—¡Hola…! ¿Es usted, comisario…? Aquí, el juez Coméliau… Estoy en mi casa, sí… Tengo invitados a comer… Pero necesitaba que me tranquilizase usted…

Maigret permaneció en silencio.

—¡Oiga! No corte… ¡Sigue usted ahí…?

—Sí…

—¿Y bien? Apenas le oigo… ¿Ha leído los periódicos de la noche…? Todos se hacen eco de las revelaciones del *Sifflet*… Creo que estaría bien que…

Janvier salió corriendo de La Citanguette y se dirigió hacia la derecha, hacia un solar sumido en la oscuridad.

—Aparte de eso, ¿va todo bien…?

—¡Va todo bien! —refunfuñó el comisario, y colgó.

Estaba bañado en sudor. La pipa se le había caído al suelo y el tabaco encendido empezaba a quemar la alfombra.

—¡Hola! Con La Citanguette, señorita…

—Acabo de pasarle la llamada.

—Quiero volver a hablar con La Citanguette, ¿entendido?

Y comprobó, por un movimiento que se notó en la taberna, que el teléfono sonaba. El dueño quiso dirigirse al aparato, pero Lucas se le adelantó.

—¡Hola! Sí… ¿Comisario…?

—¡Soy yo…! —confirmó Maigret con voz cansada—. Ha conseguido huir, ¿no?

—¡Por supuesto!

—¿Y Dufour…?

—Creo que no es grave… Una herida en la cabeza… Pero no ha perdido el conocimiento.

—La policía de Grenelle llegará en unos instantes…

—No servirá de nada… Ya conoce usted esta zona… Con todos los astilleros, los materiales amontonados y los patios de fábrica, además de las callejuelas de Issy-les-Moulineaux…

—¿Han disparado?

—Alguien disparó, sí… Pero no he averiguado quién ha sido… Están todos aturdidos, pero se muestran serenos… De hecho, ninguno sabe exactamente qué ha pasado…

Un coche dio la vuelta a la esquina del muelle, donde dejó a dos agentes, luego a otros dos, cien metros más adelante.

Otros cuatro se bajaron frente a la taberna, y uno de ellos rodeó el edificio para vigilar la salida de atrás, según el protocolo habitual.

—¿Qué hago ahora? —preguntó Lucas, tras un silencio en la línea.

—Nada… Encárgate de la persecución, por si acaso… Voy para allá…

—¿Han avisado a un médico?

—Sí…

La encargada del teléfono, que también se ocupaba de la recepción del hotel, se estremeció al ver una gigantesca sombra ante sí.

Maigret se hallaba tan tranquilo, tan frío, tenía el rostro tan hermético que no parecía un individuo de carne y hueso.

—¿Cuánto?

—¿Se marcha?

—¿Cuánto?

—Tendré que preguntárselo al gerente… ¿Cuántas llamadas ha hecho…? Espere…

Pero, cuando ella se levantó, el comisario la agarró del brazo, la obligó a sentarse de nuevo y colocó un billete de cien francos sobre el mostrador.

—¿Es suficiente?

—Creo… Sí… Pero…

Maigret se alejó suspirando, caminó lentamente a lo largo de la acera y cruzó el puente sin apretar el paso un solo instante.

En cierto momento, se palpó los bolsillos para coger la pipa, pero no la encontró; debió de interpretarlo como un mal presagio, porque en su rostro afloró una sonrisa amarga.

Alrededor de La Citanguette, se veía a algunos marineros, que solo mostraban una curiosidad relativa. La semana anterior dos árabes se habían matado entre ellos en el mismo lugar.

Un mes antes se había sacado del agua, con ayuda de un gancho, un saco que contenía dos piernas y un tronco de mujer.

Del otro lado del Sena, los lujosos edificios de Auteuil acotaban el horizonte. Algunos ramales del metro cruzaban un puente próximo.

Llovía. Agentes de uniforme iban y venían arrojando a su alrededor el haz luminoso de sus linternas.

Solo Lucas se hallaba de pie ante la barra. Los clientes que habían presenciado o tomado parte en la pelea estaban sentados a lo largo de la pared.

Y el sargento iba de uno a otro examinando su documentación, mientras ellos lo miraban de mala manera.

Ya habían trasladado a Dufour al coche de la policía, que arrancó lo más suavemente posible.

Maigret no dijo nada. Con las manos en los bolsillos del abrigo, echó un vistazo alrededor, despacio, con una mirada infinitamente dura.

El dueño quiso explicarle algo:

—Le juro, comisario, que cuando…

Maigret le hizo señas de que se callara y se acercó a un árabe, al que examinó de pies a cabeza y cuya tez se ensombreció.

—¿Trabajas?

—En la Citroën… Yo…

—¿Cuándo caducó tu permiso de residencia?

Y Maigret hizo señas a un agente. Lo cual significaba: «¡Lléveselo…!».

—¡Comisario…! —gritó el árabe, al que empujaban hacia la puerta—. Se lo explicaré… Yo no he hecho nada…

Maigret ya no lo escuchaba. Un polaco no tenía la documentación en regla.

—¡Lléveselo…!

¡Eso fue todo! En el suelo estaba el revólver de Dufour con un cartucho vacío. Y fragmentos del sifón y de la bombilla. El periódico estaba roto y se veían dos manchas de sangre.

—¿Qué hacemos con ellos? —preguntó Lucas, que había terminado de examinar todas las documentaciones.

—¡Suéltalos!

Janvier regresó un cuarto de hora más tarde. Encontró a Maigret repantingado en un rincón de la taberna, en compañía del sargento Lucas. Iba lleno de barro, con manchas oscuras en el impermeable.

No necesitó decir nada. Se sentó al lado de los otros dos.

Y Maigret, que parecía estar pensando en otra cosa, dijo, mientras miraba vagamente hacia la barra, tras la cual se hallaba el dueño, con expresión humilde y contrita:

—Ron… —Una vez más su mano buscó la pipa en sus bolsillos—. Dame un cigarrillo… —le pidió a Janvier.

Y a este le habría gustado decir algo. Pero estaba tan conmovido por ver a su jefe con los hombros hundidos que solo pudo refunfuñar al tiempo que volvía la cabeza.

En su piso del Champ de Mars, el juez Coméliau presidía una cena de veinte personas, tras la cual se celebraría un pequeño baile.

En cuanto al inspector Dufour, se hallaba tumbado sobre la mesa de operaciones de un médico de Grenelle, que controlaba, mientras se ponía la bata blanca, la esterilización de su instrumental.

—¿Cree usted que se notará la cicatriz? —preguntó el policía, que, tal como estaba colocado, solo podía ver el techo—. No tengo fracturado el cráneo, ¿verdad?

—No, no... Con unos puntos de sutura...

—¿Y me crecerá de nuevo el pelo...? ¿Está usted seguro...?

El médico, con sus brillantes pinzas en la mano, hizo una seña a su ayudante para que sujetara con fuerza al paciente, el cual reprimió un grito de dolor.

4

Cuartel general

Maigret no rechistó ni una sola vez ni esbozó ningún gesto de protesta o de impaciencia.

Con el rostro serio, los rasgos tensos, escuchó hasta el final con deferencia y humildad. Tal vez su nuez se estremeciera de pronto cuando el señor Coméliau se mostraba más duro, más vehemente.

Delgado, nervioso, crispado, el juez de instrucción iba y venía por su despacho, y hablaba tan alto que los procesados que esperaban en el pasillo debían de oír parte de lo que decía.

A veces, cogía de la mesa un objeto, que manoseaba durante unos instantes y que devolvía a su sitio con gesto violento.

Incómodo, el secretario judicial miraba a otra parte. Y Maigret, de pie, esperaba. Su estatura sobrepasaba con mucho la cabeza del juez.

Este, después de un último reproche, observó el rostro de su interlocutor y volvió la cabeza, porque, al fin y al cabo, Maigret era un hombre de cuarenta y cinco años que, durante veinte, se había encargado de los más diversos y delicados casos policiacos.

¡Era, sobre todo, un hombre!

—¿No dice usted nada?

—Acabo de comunicar a mis superiores que entregaré mi dimisión en un plazo de diez días si no consigo atrapar al culpable.

—O dicho de otra manera, echarle el guante a Joseph Heurtin…

—Atrapar al culpable —repitió Maigret abiertamente.

El juez pegó un brinco.

—Entonces ¿aún cree…?

Maigret no contestó. Y el señor Coméliau, haciendo crujir sus nudillos, dijo de forma precipitada:

—Dejemos eso, ¿quiere…? Acabará usted desquiciándome… Cuando tenga noticias, llámeme…

El comisario se despidió y avanzó por los pasillos que tan familiares le resultaban. Pero, en lugar de bajar a la calle, subió hasta el ático del Palacio de Justicia y empujó la puerta del laboratorio de la policía científica.

Al verlo de pronto, uno de los especialistas se sorprendió de su aspecto y le preguntó, tendiéndole la mano:

—¿Las cosas no van bien?

—Muy bien, gracias…

Sus ojos no miraban a ninguna parte. Seguía con su grueso abrigo puesto, con las manos metidas en los bolsillos. Parecía alguien que, después de un largo viaje, vuelve a ver, con una mirada nueva, lugares que le son familiares.

Y, así, miró las fotografías que habían sacado la víspera en un piso robado y leyó unos informes que había pedido uno de sus colegas.

En un rincón, un joven imberbe, alto y delgado, de ojos

miopes protegidos por gafas de gruesos cristales, lo observaba, asombrado y emocionado a la vez.

Sobre su mesa, había lupas de todos los grosores, pinzas, raspadores, frascos de tinta, reactivos, así como una pantalla de cristal iluminada por una potente lámpara.

Se llamaba Moers y se había especializado en el estudio de documentos, tintas y caligrafía.

Sabía que Maigret había ido a verlo a él. Y, sin embargo, el comisario ni lo miraba: iba de un lado a otro del laboratorio como si no tuviera un objetivo determinado.

Al cabo de un rato sacó una pipa del bolsillo, la encendió y lanzó con voz de falsete:

—¡Vamos…! ¡A trabajar…!

Moers, que sabía de dónde venía el comisario, entendió el porqué; pero fingió no haber observado nada.

Maigret se quitó el abrigo, bostezó y movió los músculos de la cara como si quisiera volver a ser él mismo. Agarró una silla por el respaldo, la llevó al lado del joven, se sentó a horcajadas y dijo en un tono afectuoso:

—¿Qué hay, Moers…?

Ya estaba. Por fin se había quitado de encima el peso que llevaba sobre los hombros.

—Cuéntame…

—Me he pasado la noche estudiando la carta… Lástima que haya circulado por tantas manos, porque ahora es inútil buscar huellas dactilares…

—No contaba con ellas…

—He pasado por La Coupole esta mañana muy temprano… He examinado todos los tinteros… ¿Conoce usted el establecimiento…? Hay distintas salas: primero está la gran cervecería, parte de la cual se convierte en restaurante a la hora de las comidas… La sala del primer piso… Luego, la terraza… Y, por último, hay un pequeño bar americano, a la izquierda, donde se reúnen los clientes habituales…

—Lo conozco…

—Usaron la tinta del bar para escribir la carta… Los caracteres fueron trazados con la mano izquierda, y no por un zurdo, sino por alguien que sabe que casi todos los escritos hechos con la mano izquierda se parecen…

La carta recibida en el *Sifflet* se encontraba todavía en la pantalla de cristal colocada delante de Moers.

—Una cosa es cierta: quien la escribió es un intelectual, y juraría que habla y escribe correctamente varios idiomas. Ahora, si abordamos la grafología… Pero entonces nos saldremos del ámbito de las ciencias exactas…

—Continúa…

—Pues bien: o mucho me equivoco o nos encontramos en presencia de un individuo excepcional… Primero, de una inteligencia muy por encima de la media… Pero lo más turbador es la mezcla de voluntad y debilidad, de frialdad y de emotividad… La caligrafía es la de un hombre… Y, sin embargo, he observado en ella rasgos propios de un carácter claramente femenino…

Moers se hallaba en su terreno favorito. Enrojecía de placer. A su pesar, Maigret sonrió ligeramente y el joven se turbó.

—Sé que todo esto resulta algo confuso y que un juez de instrucción no me permitiría llegar hasta el final… Y no obstante… Mire, comisario, apostaría a que el hombre que ha escrito esta carta padece una enfermedad grave y lo sabe… Si se hubiera utilizado la mano derecha, podría darle más más datos… ¡Ah! Olvidaba un detalle… Había manchas en el papel… Pero tal vez procedan de la imprenta… En todo caso, una de ellas es de café con leche… Por último, para cortar la parte superior del papel, no han utilizado un cuchillo, sino un objeto de bordes redondeados, como una cuchara…

—En definitiva: la carta fue escrita ayer por la mañana, en el bar de La Coupole, por un cliente que tomaba café con leche y que habla perfectamente varios idiomas… —Maigret se puso en pie y le alargó la mano murmurando—: Gracias, muchacho… ¿Me devuelves la carta…?

Salió, lanzando un gruñido a modo de despedida, y, una vez que la puerta estuvo cerrada, alguien dijo con cierta admiración:

—¡Vaya! Después del duro golpe que ha sufrido…

Pero Moers —quien veneraba a Maigret, algo que todos sabían— lo miró de tal forma que el hombre se calló y prosiguió con el análisis que estaba haciendo.

París tenía el aspecto triste de los días más desagradables de octubre: del cielo, que parecía un techo sucio, caía una luz cruda. En las aceras quedaban charcos de la lluvia nocturna.

Y los transeúntes mostraban una expresión hosca propia de aquellos que aún no se han adaptado al invierno.

Durante toda la noche, en la prefectura, se habían redactado órdenes de servicio, que los ordenanzas llevaron a las diferentes comisarías; también se enviaron telegráficamente a todas las gendarmerías, a los puestos aduaneros y a la policía ferroviaria.

De manera que los agentes vestidos de civil que transitaban entre la multitud, así como los guardias municipales, los inspectores de la vía pública, las brigadas antivicio, la policía que controla los hoteles y la de las buenas costumbres tenían en mente una misma descripción, por lo que observaban atentamente a la gente con la esperanza de encontrar a un mismo individuo.

Y así ocurría de un extremo al otro de París, mientras, en carreteras principales, los gendarmes pedían la documentación a todos cuantos transitaban por ellas.

En los trenes, en las fronteras, la gente se sorprendía al ser interrogada con mayor minuciosidad que de costumbre.

Se buscaba a Joseph Heurtin, condenado a muerte por el tribunal del Sena, fugado de la Santé y desaparecido a continuación tras un altercado con el inspector Dufour en el local de La Citanguette.

«En el momento de la fuga, le quedaban en el bolsillo unos veintidós francos», decían los informes redactados por Maigret.

Y este abandonó, sin compañía alguna, el Palacio de Justicia y, sin pasar por su despacho del Quai des Orfèvres, tomó un autobús para la Bastilla y llamó al tercer piso de un inmueble de la calle del Chemin-Vert.

Reinaba un olor a yodoformo y a caldo de gallina. Una mujer, que no había tenido tiempo de arreglarse, le dijo:

—¡Ah! Se va a alegrar mucho de verle…

En su dormitorio, el inspector Dufour se hallaba acostado, con aire entristecido e inquieto.

—¿Cómo va eso, amigo mío?

—Aún es pronto para saberlo… Según parece, el pelo no volverá a crecer en la zona de la cicatriz, así que tendré que llevar peluca…

Al igual que había hecho en el laboratorio, Maigret dio vueltas por la habitación, como si no supiese dónde ponerse. Finalmente murmuró:

—¿Me odias por eso?

—¿Odiarle? —exclamó la mujer de Dufour, que aún era joven y bonita y estaba de pie en el umbral de la puerta—. Desde esta mañana no deja de preguntarse cómo saldrá usted de esta… Hasta quería que lo llamase yo al despacho…

—¡Vamos…! Nos vemos pronto… —dijo el comisario—. Todo irá bien…

No se dirigió a su casa, a pesar de que vivía a quinientos metros de allí, en el bulevar Richard-Lenoir. Caminó, porque necesitaba caminar, sentirse entre la multitud, que lo rozaba, indiferente.

Y, a medida que andaba por París, iba desapareciendo ese aire equívoco de escolar pillado en falta que tenía por la mañana. Sus rasgos se suavizaron. Fumó una pipa tras otra, como en sus mejores días.

El señor Coméliau se habría sorprendido mucho, y, sin duda, indignado, de haber sospechado que lo que menos preocupaba al comisario era encontrar a Joseph Heurtin.

Para Maigret esa era una cuestión secundaria. El condenado a muerte estaba en alguna parte, mezclado entre miles de individuos. Pero el comisario estaba convencido de que el día que lo necesitase lo encontraría de inmediato.

¡No! Maigret pensaba en la carta escrita en La Coupole. Y también —tal vez más aún— en un aspecto que creía haber descuidado en la época de la primera investigación.

Pero ¡en julio todo el mundo estaba completamente convencido de la culpabilidad de Heurtin! El juez de instrucción había cogido de inmediato el caso en sus manos, dejando así a un lado a la policía.

El crimen se había cometido en Saint-Cloud hacia las dos y media de la madrugada... Heurtin regresó a su pensión de la calle Monsieur-le-Prince antes de las cuatro... No había tomado el tren, ni el tranvía, ni ningún medio de transporte... Tampoco un taxi... Su triciclo se hallaba en casa de su jefe, en la calle de Sèvres...

¡Y no pudo regresar a pie! ¡Habría tenido que ir corriendo sin parar!

En la plaza de Montparnasse la vida transcurría en todo su esplendor. Eran las doce y media del mediodía. A pesar del otoño, las terrazas de los cuatro grandes cafés que se alinean en las proximidades del bulevar Raspail rebosaban de clientes, entre los cuales había un ochenta por ciento de extranjeros.

Maigret anduvo hasta La Coupole y entró en el bar americano.

Solo había cinco mesas, y todas ocupadas. La mayoría de los clientes se hallaban sentados en lo alto de los taburetes de la barra o de pie alrededor de esta.

El comisario oyó a alguien que pedía:

—Un manhattan...

Y él dejó caer:

—Lo de siempre...

Maigret pertenecía a la generación de las cervecerías y de las jarras. El barman empujó hacia él un platito de aceitunas, que el comisario no probó.

—Me permite... —le dijo una sueca bajita, de cabello más amarillo que rubio.

Aquello era un hervidero de gente. Una ventanilla, en el fondo del local, se abría y se cerraba sin cesar, mientras de la antecocina salían aceitunas, chips, canapés y bebidas calientes.

Cuatro camareros gritaban a la vez, en medio de un entrechocar de platos y de vasos, mientras los clientes se interpelaban en diferentes lenguas.

Y la impresión dominante era que clientes, barman, camareros y decorado formaban un todo homogéneo.

La gente se relacionaba con familiaridad, y ya se tratase de una muchacha, ya de un industrial que descendía de su limusina en compañía de alegres amigos, ya de un aprendiz de pintorzuelo estoniano, todo el mundo llamaba al encargado de los bármanes: Bob...

Hablaban entre ellos sin haberse presentado antes, como si fuesen conocidos de toda la vida. Un alemán hablaba inglés con un yanqui, y un noruego mezclaba, por lo menos, tres idiomas para hacerse entender por un español.

Había dos mujeres a las que todos conocían, a las que todos saludaban, y a una de las cuales Maigret reconoció: más gruesa, envejecida, pero vestida ahora con pieles; una muchachita que, en el pasado, él había conducido a Saint-Lazare tras una redada que se llevó a cabo en la calle de la Roquette.

Tenía la voz ronca, los ojos cansados, y, al pasar entre la

gente, todos le estrechaban la mano. Se sentó a su mesa como si estuviera en un trono, como si ella encarnase por sí sola aquella confusa mezcolanza que se agitaba sin cesar.

—¿Me puede dar papel y lápiz? —preguntó Maigret, dirigiéndose a un barman.

—A la hora del aperitivo, no... Tendrá usted que ir a la cervecería...

Entre aquellos grupos bulliciosos, había algunos que estaban solos. Y tal vez esa fuera la característica más pintoresca del lugar.

Por una parte, gente que hablaba a gritos, se movía de aquí para allá, pedía una copa tras otra y exhibía una vestimenta tan lujosa como excéntrica.

Por la otra, seres que parecían haber venido de los cinco continentes únicamente para incrustarse en aquella brillante muchedumbre.

Por ejemplo, había una joven, que no tendría aún veintidós años, que vestía un estrechísimo y cortísimo traje sastre negro, bien cortado, cómodo, pero que seguramente habrían planchado unas cien veces.

Tenía un rostro extraño, cansado y nervioso. Junto a ella tenía un cuaderno de dibujo. Y, en medio de aquella gente que tomaba aperitivos a diez francos la copa, ella bebía un vaso de leche y comía un cruasán.

¡A la una del mediodía! Era evidentemente su desayuno. Y lo aprovechaba para leer un periódico ruso, puesto a disposición de los clientes por el establecimiento.

No oía nada, no veía nada. Masticaba despacio su cruasán, daba de vez en cuando un trago a la leche, indiferente a un grupo que, en su misma mesa, iba ya por el cuarto cóctel.

También llamaba la atención un hombre, cuya cabellera no podía menos que atraer la mirada de los presentes: pelirroja, rizada y de una largura excepcional.

Vestía un traje oscuro, de tela brillante, aunque raído, y una camisa azul sin corbata, con el cuello abierto.

Instalado en el fondo del bar, adoptaba la actitud propia de un cliente habitual que nadie se atrevería a molestar, y se comía, cucharada a cucharada, un yogur.

¿Tendría más de cinco francos en el bolsillo? ¿De dónde venía? ¿Adónde iba? ¿Y cómo conseguía aquellos pocos céntimos que le costaba aquel yogur, que debía de ser su única comida diaria?

Al igual que la rusa, poseía una mirada ardiente, párpados cansados, pero su persona transmitía algo infinitamente despectivo y altivo.

Nadie iba a estrecharle la mano ni le dirigía la palabra.

De pronto la puerta giratoria dejó paso a una pareja y Maigret, a través del espejo, reconoció a los Crosby, que acababan de bajarse de un coche norteamericano que, calculando por lo bajo, valdría sus buenos doscientos cincuenta mil francos.

Estaba aparcado al borde de la acera, y llamaba aún más la atención porque la carrocería era completamente niquelada.

Y William Crosby alargó la mano por encima de la barra de caoba, entre dos clientes que se sentaban en ese momento, y mientras estrechaba los dedos del barman, dijo:

—¿Cómo te va, Bob…?

La señora Crosby se precipitó hacia la sueca, bajita y rubia, a la que besó y con quien se puso a hablar en inglés con locuacidad.

No necesitaron pedir nada. Bob empujó hacia Crosby un whisky con soda y preparó un cóctel Rose para la joven señora, al tiempo que preguntaba:

—¿Ya de vuelta de Biarritz…?

—Solo hemos estado tres días. Llueve aún más que aquí…

Crosby se dio cuenta de la presencia de Maigret, al que saludó con un gesto de la cabeza.

Era un hombre alto, de unos treinta años, de cabello moreno y ademanes desenvueltos.

De todos aquellos que se hallaban reunidos en el bar en ese instante, seguramente Crosby era el individuo cuya elegancia estaba más exenta de mal gusto.

Estrechaba manos con cierta molicie y preguntaba a los amigos:

—¿Qué vais a tomar?

Era rico. Tenía ante la puerta un coche deportivo de alta gama que utilizaba para ir a Niza, a Biarritz, a Deauville o a Berlín, según su capricho.

Vivía en un palacete de la avenida George-V desde hacía varios años y había heredado de su tía, además de la mansión de Saint-Cloud, quince o veinte millones de francos.

La señora Crosby era menuda, pero intensa, y hablaba sin parar, mezclando el inglés y el francés con un acento inimitable y con una voz tan aguda que bastaba para identificarla sin necesidad de verla.

Varios clientes los separaban de Maigret. Entró un diputado al que este conocía y que estrechó afectuosamente la mano del joven norteamericano.

—¿Comemos juntos?

—Hoy no puedo… Estamos invitados…

—¿Mañana?

—De acuerdo… Nos veremos aquí…

—¡El señor Valachine al teléfono! —gritó un botones.

Y un individuo se levantó y se encaminó a la cabina.

—¡Dos Roses, dos…!

Entrechocar de platos. Un rumor que iba *in crescendo*.

—¿Puede cambiarme dólares…?

—Mire usted a cómo está el cambio en el periódico…

—¿No está Suzy…?

—Acaba de irse… Come en Maxim's…

Maigret pensaba en el muchacho de la cabeza de hidrocéfalo, de los brazos largos, que se había sumergido en la barahúnda de París, con algo más de veinte francos en el bolsillo, y al que toda la policía francesa, en ese mismo instante, buscaba.

Recordaba el rostro pálido que apenas había vislumbrado mientras subía, en medio de la oscuridad, por la tapia de la Santé.

Luego, las llamadas telefónicas de Dufour…: «Duerme».

¡Había dormido un día entero!

¿Dónde estaba ahora? ¿Y por qué, sí, por qué habría matado a la señora Henderson, a la que no conocía y a la que nada había robado?

—¿Suele usted tomar el aperitivo aquí?

Era William Crosby. Se había acercado y le tendía la pitillera.

—Gracias… Solo fumo en pipa.

—¿Quiere tomar algo…? ¿Un whisky?

—Ya me han servido, como puede ver.

Crosby se sintió contrariado.

—¿Entiende usted el inglés, el ruso y el alemán?

—El francés, y pare usted de contar...

—Entonces La Coupole debe de ser para usted una especie de torre de Babel... Nunca le había visto por aquí... A propósito, ¿es cierto lo que se cuenta...?

—¿A qué se refiere?

—Al asesino... ya sabe...

—¡Bah! No hay razón para preocuparse...

Durante un instante, Crosby lo miró fijamente.

—¡Vamos! Concédanos el placer de beber una copa con nosotros... Mi mujer se alegrará mucho... Le presento a la señorita Edna Reichberg, hija del fabricante de papel de Estocolmo... Campeona de patinaje el año pasado en Chamonix... El comisario Maigret, Edna...

La rusa, vestida de negro, seguía ensimismada en la lectura del periódico, y el hombre pelirrojo, con los entrecerrados, permanecía ante el tarro, al que le había extraído hasta el último resto de yogur.

Edna dijo sin ningún entusiasmo:

—Encantada...

Estrechó vigorosamente la mano de Maigret, y prosiguió de inmediato su conversación en inglés con la señora Crosby, mientras que William Crosby se excusaba:

—¿Me permite...? Me llaman por teléfono... Dos whiskies, Bob... Me disculpa, ¿verdad...?

Fuera, el coche niquelado brillaba a la luz gris y una silueta de aspecto lamentable la rodeaba, aproximándose a La Coupole. Arrastrando la pierna, se detuvo un momento ante la puerta giratoria del bar.

Unos ojos enrojecidos escrutaban el interior, mientras un camarero se acercaba ya para echar de allí al pordiosero.

La policía, en París y en sus alrededores, seguía buscando al evadido de la Santé.

¡Y estaba allí, al alcance de la mano del comisario!

5

El aficionado al caviar

Maigret no se movió, ni siquiera se sobresaltó. A su lado, la señora Crosby y la sueca continuaban charlando en inglés, mientras bebían un cóctel. Y el comisario se hallaba tan cerca de esta última, por la estrechez del bar, que, a cada movimiento que ella hacía, le rozaba con su cuerpo flexible.

Maigret comprendía a medias la conversación. Se trataba de un tal José que, en el Ritz, había intentado seducir a la muchacha y le había ofrecido cocaína.

Las dos reían. William Crosby, que regresaba del teléfono, repitió al comisario:

—Discúlpeme… Se trataba de mi coche, que quiero vender para comprarme otro…

Echó soda en los dos vasos.

—¡A su salud…!

Fuera, la grotesca silueta del condenado a muerte parecía flotar literalmente por los alrededores de la terraza.

En su huida de La Citanguette, Joseph Heurtin había perdido, sin duda, la gorra, porque llevaba la cabeza al descubierto. En la cárcel le habían cortado el pelo al rape, de modo que sus enormes orejas resaltaban aún más. Sus zapatos no tenían ya ni color ni forma.

¿Dónde habría dormido para llevar el traje tan arrugado, tan lleno de polvo y de barro?

Si hubiese tendido la mano a los transeúntes, su presencia no le habría extrañado a nadie, porque tenía el aspecto del más miserable de los mendigos. Sin embargo, no mendigaba. Tampoco vendía cordones para los zapatos ni lápices.

Iba y venía, arrastrado por los vaivenes de la multitud, alejándose a veces algunos metros y regresando con el aspecto de haber remontado una fuerte corriente.

Sus mejillas estaban cubiertas de barba negra. Parecía más delgado.

Pero, sobre todo, sus ojos le daban un aire inquietante; esos ojos que no perdían de vista el bar y que trataban de ver continuamente a través de los cristales llenos de barro.

Por segunda vez se acercó hasta la entrada y Maigret creyó que iba a empujar la puerta.

El comisario fumaba nerviosamente, con las sienes húmedas por el sudor, los nervios tan tensos que le parecía que su sentido de la sensibilidad se había exacerbado.

Fue un minuto excepcional. Un poco antes, el comisario parecía un ser derrotado. Había perdido pie. Aquel crimen se le había escapado de las manos, y nada le hacía creer que controlaría de nuevo los elementos que lo componían.

Se bebió el whisky lentamente, mientras Crosby, por cortesía, se volvía a medias hacia él sin dejar de intervenir en la conversación entre su esposa y Edna.

Y, cosa extraña, sin pretenderlo, incluso sin darse cuenta, Maigret no perdía detalle de un espectáculo tan complejo.

Masas de gente se movían a su alrededor. Los ruidos eran tan diversos que se convertían en un rumor confuso como el del mar. Había voces, gestos, actitudes... él lo veía todo: el hombre sentado ante la terrina de yogur; el vagabundo que se volvía una y otra vez hacia la puerta; la sonrisa de Crosby; la mueca de su mujer, al pintarse de rojo los labios; el movimiento del barman mientras preparaba un cóctel flip agitando la coctelera...

Y los clientes, que se iban unos tras otros... Las frases que intercambiaban...

—¿Esta noche, aquí...?

—Convence a Léa de que venga...

El bar se vaciaba poco a poco. Era la una y media. En la sala vecina se oía el entrechocar de tenedores.

Crosby puso un billete de cien francos sobre la barra.

—¿Se queda usted? —preguntó al comisario.

No había visto al hombre. Pero iba a encontrárselo cara a cara al salir.

Maigret esperaba ese segundo con una impaciencia casi dolorosa. La señora Crosby y Edna lo saludaron con un gesto de la cabeza y una sonrisa.

Joseph Heurtin se hallaba exactamente a dos metros de la puerta. Uno de sus zapatos no tenía cordón. De un momento a otro, sin duda, un agente se le acercaría para pedirle la documentación o rogarle que se fuera de allí.

La puerta giró sobre sus goznes. Crosby, con la cabeza descubierta, se dirigió hacia su coche. Las dos mujeres lo seguían, riéndose del chiste que una de ellas había contado.

¡Y no ocurrió nada! Heurtin no miró a los norteamericanos con mayor atención que a los otros transeúntes. Ni William ni su mujer se fijaron en él. Los tres ocuparon sus asientos en el coche, cuya portezuela sonó al cerrarse.

Seguía saliendo gente, rodeando al condenado a muerte que se había aproximado de nuevo.

Entonces, de pronto, Maigret vio a través del espejo un rostro, dos ojos vivaces tras espesas cejas y una sonrisa apenas dibujada, pero vibrante de ironía.

Los párpados se cerraron inmediatamente sobre las pupilas demasiado elocuentes. Pero no con la suficiente rapidez para que el comisario no tuviese la impresión de que aquella sonrisa irónica iba dirigida a él.

El hombre que le había mirado y que ahora no miraba a nada ni a nadie era el cliente del yogur, el pelirrojo.

Cuando un inglés, que leía el *Times*, abandonó el bar, ya no quedaba nadie en los taburetes delante de la barra, y Bob anunció:

—Voy a comer…

Sus dos ayudantes limpiaron el mostrador de caoba y alinearon los vasos y los platos llenos de aceitunas y de chips.

Pero en las mesas quedaban dos clientes: el pelirrojo y la rusa vestida de negro, que no parecían darse cuenta de su soledad.

En el exterior, Joseph Heurtin seguía dando vueltas, y sus ojos estaban tan fatigados y su rostro tan pálido que uno de los camareros, después de haberle observado a través de la cristalera, le dijo a Maigret:

—Ahí tiene usted a uno que pronto sufrirá un ataque epiléptico… Tienen la manía de elegir las terrazas de los cafés… Voy a avisar al botones…

—No…

El hombre del yogur podía oír la conversación. Sin embargo, Maigret apenas bajó la voz para decir:

—Telefonee en mi nombre a la policía judicial… Dígales que envíen a dos hombres… Si es posible, a Lucas y a Janvier… ¿Se acordará…?

—¿Es por el vagabundo…?

—Eso no importa…

Era la calma chicha después de la hora trepidante del aperitivo.

El pelirrojo no se había movido ni sobresaltado. La mujer de negro pasó una página del periódico.

El segundo camarero miraba ahora a Maigret con curiosidad. Y se sucedieron los minutos; fluyeron, por decirlo así, gota a gota, segundo a segundo.

El camarero hacía la caja en medio de un manoseo de billetes de banco y de un tintineo de monedas. El que había ido a telefonear regresó.

—Me han dicho que se hará como usted dice….

—Gracias…

El taburete endeble crujía bajo el peso del comisario, que fumaba una pipa tras otra, vaciando maquinalmente su vaso de whisky y olvidando que no había comido.

—Un café con leche…

La voz provenía del rincón donde estaba instalado el nombre del yogur. El camarero se encogió de hombros mirando a Maigret y gritó hacia la ventanilla del fondo:

—¡Un café con leche…! ¡Uno…! —Y, en voz baja, dirigiéndose al comisario—: Ya está servido hasta las siete de la tarde… Es como aquella otra…

Y con la barbilla señalaba a la rusa.

Pasaron veinte minutos. Heurtin, cansado de deambular, se había parado al borde de la acera, y un hombre, que subía a un coche, lo tomó por un mendigo y le alargó una moneda, que él no se atrevió a rechazar.

¿Le quedaría algo de los veintitantos francos? ¿Había comido el día anterior? ¿Había dormido…?

El bar lo atraía. Y se acercó de nuevo, con miedo, espiando a los camareros y a los botones que lo habían echado de la terraza.

Esta vez, como era una hora tranquila, pudo acercarse a los ventanales, donde pegó el rostro, aplastando cómicamente la nariz contra el cristal, mientras sus pequeños ojos recorrían el interior.

El pelirrojo se llevó a los labios la taza de café con leche. No se volvió para mirar hacia fuera.

Pero ¿por qué seguía con la misma sonrisa de hacía un momento, que se reflejaba en el brillo de sus ojos?

Un botones, de apenas dieciséis años, interpeló al harapiento que, una vez más, se alejó arrastrando la pierna. El sargento Lucas se apeó de un taxi, entró con aire sorprendido y miró la sala casi vacía, más sorprendido todavía.

—¿Es usted quien…?

—¿Qué quieres tomar? —Y más bajo añadió—: Mira fuera…

Lucas tardó unos instantes en distinguir al hombre. Su rostro se iluminó.

—¡Vaya…! ¿Ha conseguido usted…?

—¡En absoluto…! Camarero… un aguardiente…

La rusa llamó con un marcado acento:

—Camarero, ¿puede darme la *Illustration*…? Y también el boletín de colocaciones…

—Tómate tu copa, amigo mío… Luego saldrás y no lo perderás de vista, ¿entendido?

—¿No cree usted que sería preferible…?

Y era evidente que la mano del sargento, metida en el bolsillo, acariciaba las esposas

—Todavía no… ¡Ve…!

Pese a su aparente calma, Maigret se hallaba tan nervioso que a punto estuvo de romper el vaso que tenía en la mano al llevárselo a los labios.

El pelirrojo no parecía dispuesto a marcharse. No leía, ni escribía, ni miraba nada en particular. ¡Y fuera, Joseph, Heurtin seguía esperando!

A las cuatro de la tarde la situación era exactamente la misma, con la diferencia de que el evadido de la Santé había ido a sentarse en un banco, desde donde no le quitaba ojo a la puerta del bar.

Maigret había comido a desgana un sándwich. La rusa vestida de negro, después de retocar un buen rato su maquillaje, salió del café.

Así pues, solo quedaba en el bar el hombre del yogur. Heurtin había visto marcharse a la joven sin inmutarse. Encendieron las lámparas del bar, aunque las farolas de las calles permanecían apagadas.

Un empleado estaba renovando la provisión de botellas. Otro barría el local.

Se oyó un ruido persistente producido por una cuchara al dar con un plato que sorprendió tanto al barman como a Maigret, sobre todo porque procedía del rincón donde se hallaba el pelirrojo.

Sin moverse, sin preocuparse de ocultar su desprecio por un cliente tan mezquino, el camarero dijo desde su sitio:

—Un yogur y un café con leche... Tres más uno cincuenta. Total, cuatro cincuenta...

—Disculpe... Sírvame unos canapés de caviar...

Y la voz era tranquila. A través del espejo, el comisario vio los ojos sonrientes y entornados del cliente.

El barman levantó la ventanilla.

—¡Un canapé de caviar...! ¡Uno...!

—¡Tres! —le rectificó el extranjero.

—¡Que sean tres de caviar...! ¡Tres...!

El barman miró al cliente con ojos desconfiados. Le preguntó en tono irónico:

—¿Con vodka...?

—Sí, con vodka...

Maigret se esforzaba por comprender. El hombre había cambiado; había perdido su sorprendente inmovilidad.

—¡Y cigarrillos! —pidió.

—¿Maryland?

—Abdullah...

Se fumó uno, mientras preparaban los canapés, y se distrajo dibujando en la caja. Luego comió tan rápido que el camarero apenas había ocupado su sitio en la barra cuando el hombre se puso en pie.

—Treinta francos por los canapés... Seis por el vodka... Veintidós francos de Abdullah y las otras consumiciones...

—Volveré mañana para pagarle.

Maigret había fruncido las cejas. Seguía viendo a Heurtin sentado en el banco.

—¡Un momento…! Tendrá usted que hablar con el gerente.

El pelirrojo se inclinó y, tras volver a sentarse, aguardó. Llegó el gerente, vestido de esmoquin.

—¿Qué ocurre?

—Este señor, que quiere pagar mañana. Tres canapés de caviar, Abdullah y el resto…

El cliente no mostraba ningún malestar. De nuevo hizo una inclinación, más irónico que nunca, para confirmar lo dicho por el camarero.

—¿No lleva usted dinero encima?

—Ni un céntimo…

—¿Vive en el barrio…? Lo acompañará un botones…

—Tampoco tengo dinero en casa…

—¿Y ha pedido caviar…?

El gerente dio una palmada. Un muchacho uniformado se acercó corriendo.

—Ve a buscar un policía…

Todo aquello se desarrollaba sin ruido, sin escándalo.

—¿Está usted seguro de que no tiene dinero?

—Ya se lo he dicho…

El botones, que había esperado la respuesta, salió corriendo. Maigret no se movió. En cuanto al gerente, permaneció allí, mirando tranquilamente el vaivén del bulevar Montparnasse.

El barman, que estaba limpiando las botellas, lanzaba de vez en cuando una mirada de complicidad a Maigret.

No habían transcurrido tres minutos cuando el botones regresó con dos agentes, que dejaron fuera sus bicicletas.

Uno de ellos reconoció al comisario e hizo ademán de dirigirse hacia él; pero Maigret lo miró de tal forma que el hombre comprendió. Mientras tanto, el gerente les explicó de forma sencilla, sin mostrar emoción alguna:

—Este señor ha pedido canapés de caviar, cigarrillos de lujo, etcétera. Y ahora se niega a pagar…

—¡No tengo dinero! —repitió el hombre pelirrojo.

A un gesto de Maigret, el agente se contentó con responder:

—¡Bien! Ya nos lo explicará en comisaría… Acompáñenos…

—¿Una copita, señores? —les ofreció el gerente.

—Gracias…

Tranvías, coches y multitudes circulaban por el bulevar, que el crepúsculo cubrió con una espesa niebla. El detenido, antes de salir, encendió otro cigarrillo y dirigió un saludo amistoso al barman.

Y, cuando pasó por delante de Maigret, su mirada se posó en él apenas unos segundos.

—¡Vamos! ¡Más deprisa…! Y nada de escándalos, ¿eh…?

Salieron los tres. El gerente se aproximó a la barra.

—¿Se trata del checo que tuvimos que echar el otro día?

—El mismo —afirmó el barman—. Está aquí desde las ocho de la mañana hasta las ocho de la noche… Y lo único que consume durante todo el día son dos cafés con leche.

Maigret se había acercado a la puerta. Y vio cómo Joseph Heurtin se levantaba del banco, permanecía de pie, inmóvil, vuelto hacia los dos agentes que se llevaban al aficionado al caviar.

Pero ya había oscurecido demasiado como para distinguir sus rasgos.

Los tres hombres apenas habían recorrido cien metros cuando el vagabundo se fue por el lado contrario, seguido a distancia por el sargento Lucas.

—¡Policía judicial! —dijo entonces el comisario, regresando a la barra—. ¿Quién es el individuo al que acaban de llevarse?

—Creo que se llama Radek… Pide que dirijan su correspondencia aquí… Como ve usted, las cartas se ponen en la vitrina… Un checo…

—¿A qué se dedica?

—No hace nada… Se pasa todo el día en el bar… Sueña… Escribe…

—¿Sabe dónde vive?

—No.

—¿Tiene amigos?

—Creo que nunca lo he visto hablar con nadie…

Maigret pagó, salió del local, cogió un taxi y dijo:

—A la comisaría del distrito…

Cuando llegó, Radek esperaba sentado en un banco a que el comisario estuviese libre.

Había cuatro o cinco extranjeros que solicitaban permisos de residencia.

Maigret entró directamente en el despacho del comisario. Allí, una joven se quejaba de un robo de joyas, mezclando tres o cuatro idiomas de Europa central.

—¿Se halla usted operando por aquí? —le preguntó extrañado el funcionario a Maigret.

—Termine primero con la señora…

—No entiendo nada de lo que me está contando… Hace media hora que me repite lo mismo…

Maigret no sonrió. Mientras, la extranjera se enfadaba y volvía a contar punto por punto su historia, mostrando sus dedos sin anillos.

Finalmente, cuando ella se marchó, Maigret dijo:

—Recibirá usted a un tal Radek o un nombre parecido… Yo estaré presente… Haga lo posible para que pase una noche en el calabozo y luego suéltelo…

—¿Qué ha hecho?

—Ha comido caviar y se ha negado a pagarlo.

—¿En el Dôme?

—No, en La Coupole…

Sonó un timbre.

—Que pase Radek…

Este entró en el despacho con aspecto relajado, las manos en los bolsillos. Se situó frente a los dos hombres y, mirándolos a los ojos, esperó, al tiempo que una sonrisa alegre afloraba en sus labios.

—Se le acusa de no pagar lo que ha consumido.

El pelirrojo asintió con la cabeza. Quiso encender un cigarrillo, que el comisario de policía, furibundo, le arrancó de las manos.

—¿Qué tiene que decir al respecto?

—Nada en absoluto…

—¿Tiene usted casa, cómo se gana la vida…?

El hombre sacó del bolsillo un pasaporte mugriento que puso sobre la mesa.

—¿Sabe usted que se expone a pasar quince días en prisión?

—¡Tengo derecho a la libertad provisional! —rectificó Radek sin alterarse—. Usted mismo podrá comprobar que jamás me han detenido.

—Veo aquí que es usted estudiante de Medicina… ¿Es cierto…?

—El profesor Grollet, del que debe de haber oído hablar, le dirá, sin duda, que era su mejor alumno… —Y, volviéndose hacia Maigret, con un deje de ironía añadió—: Supongo que el señor es también de la policía, ¿verdad…?

6

La posada de Nandy

La señora Maigret soltó un suspiro, pero no dijo nada, cuando a las siete de la mañana su marido la dejó después de haberse bebido el café sin notar siquiera que estaba ardiendo.

Había vuelto a casa a la una de la madrugada, taciturno. Y se marchaba cabizbajo.

Cuando el comisario avanzó por los pasillos de la prefectura, se dio cuenta de que los colegas con los que se encontraba, los inspectores y hasta los ordenanzas lo miraban con curiosidad y cierta admiración, pero también con algo de conmiseración.

Pero él les estrechó las manos como había besado a su mujer en la frente y, apenas entró en su despacho, se puso a atizar la estufa y extendió sobre dos sillas su abrigo empapado por la lluvia.

—¡La comisaría del barrio de Montparnasse! —pidió luego por teléfono, sin prisas, mientras fumaba su pipa a pequeñas bocanadas.

Y por inercia se puso a ordenar los papeles amontonados sobre su escritorio.

—¡Hola! ¿Quién está al aparato…? ¿El sargento de guardia…? Soy el comisario Maigret, de la policía judicial… ¿Han soltado ustedes a un tal Radek…? ¿Cómo dice…? ¿Hace una hora…? ¿Se ha asegurado usted de que el inspector Janvier estuviera listo para seguirle…?… Sí, sí… ¿Que no ha dormido…? ¿Que se ha fumado todos los cigarrillos…? Gracias… No, no es necesario… Si necesito algún otro informe, me pasaré por ahí…

Sacó del bolsillo el pasaporte del checo: un pequeño carnet grisáceo, con el escudo de Checoslovaquia, cuyas páginas estaban casi todas cubiertas de sellos y visados.

Jean Radek, de veinticinco años, natural de Brno, de padre desconocido, había residido, según los visados, en Berlín, en Maguncia, en Bonn, en Turín y en Hamburgo.

En la documentación, aparecía como estudiante de Medicina. En cuanto a su madre, Elisabeth Radek, fallecida dos años antes, era sirvienta.

—¿Cómo te ganas la vida? —le había preguntado Maigret, el día anterior por la noche, en el despacho del comisario de policía de Montparnasse.

Y el detenido le respondió con esa sonrisa irritante:

—¿Debo tutearle también?

—¡Responda!

—Mientras mi madre vivía, me mandaba lo suficiente para que pudiera proseguir mis estudios…

—¿De su sueldo como sirvienta?

—Sí. Soy hijo único. Habría vendido sus dos manos por mí. ¿Le sorprende?

—Hace dos años que murió… ¿Y desde entonces…?

—Parientes lejanos me envían pequeñas cantidades de

vez en cuando. En París tengo compatriotas que me ayudan en ocasiones… También hago alguna que otra traducción…

—¿Y colabora en el *Sifflet?*

—¡No entiendo!

Lo dijo con tal ironía que podía traducirse por: «¡Vamos, vamos…! Aún no tiene nada contra mí…».

Maigret había preferido marcharse. En los alrededores de La Coupole ya no había rastro de Joseph Heurtin ni del sargento Lucas. De nuevo se habían zambullido en París, uno tras otro.

—¡Al hotel George-V…! —le indicó el comisario a un chófer.

Entró en el momento preciso en que William Crosby, de esmoquin, estaba cambiando en la gerencia del hotel un cheque de cien dólares.

—¿Me busca a mí? —preguntó al ver al comisario.

—No… A menos que conozca usted a un tal Radek…

Muchas personas circulaban por el vestíbulo Luis XVI. El empleado contaba los billetes de cien francos, agrupados de diez en diez.

—¿Radek…?

Maigret miró fijamente al norteamericano, quien no se turbó.

—No… Pero puede usted preguntarle a mi esposa… Bajará dentro de un minuto… Cenamos con unos amigos… Una gala de beneficencia, en el Ritz…

En efecto, la señora Crosby salía del ascensor, abrigada con una capa de armiño, y miró al policía con cierta sorpresa.

—¿Qué ocurre?

—No se preocupe… Busco a un tal Radek…

—¿Radek…? ¿Se hospeda aquí…?

Crosby metió los billetes en el bolsillo y le tendió la mano a Maigret.

—Le ruego que me perdone… Ya vamos con retraso…

El coche que esperaba fuera se deslizó por el asfalto.

Sonó el teléfono.

—¡Oiga…! El juez Coméliau quiere hablar con el comisario Maigret…

—Responda que aún no he llegado… ¿Entendido…?

A esa hora, el magistrado debía de llamar desde su domicilio. Sin duda, se hallaba ocupado en tomar su desayuno, en pijama, mientras hojeaba febrilmente los periódicos, con un temblor nervioso en los labios, algo que le ocurría a menudo.

—¡Hola, Jean! ¿Alguien más ha preguntado por mí…? ¿Qué ha dicho el juez?

—Que le llamara usted en cuanto llegase. Estará en su casa hasta las nueve… Después, en el juzgado… ¿Hola…?… Espere… Lo están llamando en este momento… ¡Sí! ¡Sí…! ¿El comisario Maigret…? Le paso con él, señor Janvier…

Un instante después Maigret estaba hablando con Janvier.

—¿Es usted, comisario…?

—Ha desaparecido, ¿verdad?

—¡Sí, ha desaparecido! ¡No me lo explico! Estaba a menos de veinte metros detrás de él…

—Vamos… ¡Rápido…!

—Aún me pregunto cómo ha podido ocurrir… Sobre todo, porque estoy seguro de que no se había percatado de mi presencia…

—Continúa…

—Primero paseó por el barrio… Luego entró en la estación de metro Montparnasse… Era la hora de la llegada de los trenes de cercanía y me acerqué a él, por temor a perderlo entre la gente…

—¿Y lo perdiste?

—No entre la gente… Se subió a un tren que llegaba, sin haber comprado el billete… Le pregunté a un empleado adónde se dirigía aquel tren, sin perder de vista el vagón, pero ya no estaba en el compartimento… Tuvo que salir por la vía del otro lado…

—¡Maldita sea!

—¿Qué hago ahora…?

—Espérame en el bar de La Coupole… No te asombres de nada… Y, sobre todo, no te pongas nervioso…

—Le juro, comisario…

Al otro extremo del hilo, el inspector Janvier, que tenía unos veinticinco años, por el tono parecía que iba a echarse a llorar.

—¡Vamos…! Nos vemos luego…

Maigret colgó y descolgó de nuevo.

—¿Hotel George-V…? ¿Oiga? ¿Ha regresado el señor William Crosby…? No, no lo moleste… ¿A qué hora, por favor…? ¿A las tres de la madrugada…? ¿Con la señora Crosby…? Muchas gracias… ¿Cómo…? ¿Qué dice…? ¿Que ha pedido que no lo despierten hasta las once…? Gracias… No, ningún recado… Yo mismo iré a verlo…

El comisario se tomó su tiempo para llenar su pipa e incluso asegurarse de que había bastante carbón en la estufa.

A alguien que no lo conociera íntimamente, le habría causado en aquel instante la impresión de un hombre seguro de sí, que se dirigía sin vacilar hacia un fin inevitable.

Sacaba pecho, mientras lanzaba hacia el techo el humo de su pipa. Cuando el ordenanza le llevó los periódicos, bromeó alegremente.

Pero, tan pronto estuvo solo, descolgó el auricular del teléfono.

—¡Hola…! ¿Lucas ha preguntado por mí?

—Aún no, comisario.

Y los dientes de Maigret apretaron el tubo de la pipa. Eran las nueve de la mañana. Desde el día anterior, a las cinco de la tarde, Joseph Heurtin había desaparecido del bulevar Raspail, seguido por el sargento Lucas.

Era extraño que este último no hubiese llamado, o, al menos, entregado una nota a algún agente.

Para no pensar en ello, Maigret pidió que le pasaran con el inspector Dufour. Respondió él mismo.

—¿Te encuentras mejor?

—Ya ando por casa… Espero poder pasar mañana por el despacho… Pero ¡ya verá qué cicatriz me ha quedado…! El médico retiró el vendaje anoche y pude verla… No sé cómo no me abrió la cabeza… ¿Ha encontrado al hombre al menos…?

—No te preocupes… Adiós… Cuelgo, porque el teléfono está sonando en la centralita y espero una llamada…

En el despacho hacía un calor sofocante, porque la estufa estaba al rojo vivo. Maigret no se había equivocado. En cuanto colgó, sonó su teléfono.

Era Lucas.

—¡Hola…! ¿Es usted, jefe…? No corte la llamada, señorita… ¡Policía…! ¡Hola! ¡Hola…!

—Te escucho… ¿Dónde estás?

—En Morsang…

—¿Dónde…?

—Es un pueblecito; está a treinta y cinco kilómetros de París, a la orilla del Sena…

—¿Y… el otro?

—Controlado… ¡En su casa…!

—¿Morsang está cerca de Nandy…?

—A cuatro kilómetros… He venido hasta aquí para llamar; no quería levantar sospechas… ¡Qué noche, jefe…!

—Cuenta.

—Al principio creí que daríamos vueltas sin rumbo por París… Parecía que no supiera adónde ir… A las ocho nos detuvimos delante de la sopa popular de la calle Réaumur y esperó su plato durante casi dos horas…

—Lo cual significa que anda mal de dinero…

—Después echó a andar de nuevo… Es asombrosa la atracción que ejerce el Sena sobre él… Bordeó sus orillas tan pronto en un sentido como en el otro… ¡Hola…! ¡No corte…! ¿Sigue usted ahí…?

—Continúa…

—Finalmente se dirigió hacia Charenton, bordeando la margen del río… Creí que se acostaría bajo un puente… Porque, de verdad, apenas podía mantenerse en pie… Pues no; después de Charenton, anduvo hasta Alfortville y allí tomó la carretera de Villeneuve-Saint-Georges... Ya era de noche... La carretera estaba mojada... Pasaban coches cada treinta segundos... ¡Si tuviera que hacerlo de nuevo...!

—¡Volverías a hacerlo...! Continúa...

—Eso es todo... Treinta y cinco kilómetros así... ¿Se da usted cuenta...? De pronto se puso a diluviar... Pero él, como si nada... En Corbeil, estuve a punto de tomar un taxi para seguirlo con mayor comodidad... A las seis de la mañana continuábamos andando, el uno tras el otro, por los bosques que unen Morsang con Nandy...

—¿Entró en su casa por la puerta?

—¿Conoce usted la posada...? No es precisamente lujosa... Un bodegón para los carreteros, que al mismo tiempo es posada, taberna, puesto de periódicos y estanco... Hasta creo que venden artículos de mercería... Dio la vuelta por un callejón de un metro de ancho y por allí saltó una tapia. Observé que entraba en un edificio bajo, donde deben de dormir las caballerías...

—¿Eso es todo?

—Más o menos... Media hora más tarde, el padre de Heurtin retiró los postigos y abrió la tienda... Parecía tranquilo... Entré a tomar algo y no dio muestras de emoción alguna... Tuve la suerte de encontrar en la carretera a un gendarme en bicicleta... Le pedí que pinchara un neumático, y que, con ese pretexto, se instalara en la posada hasta mi regreso...

—¡La cosa va bien...!

—¿Cree usted...? Se nota que no está usted lleno de barro hasta la cintura... Mis zapatos están tan blandos como compresa quirúrgicas… Mi camisa, empapada… ¿Qué debo hacer…?

—Doy por hecho que no tienes maleta…

—¡Solo me faltaba cargar con una maleta…!

—Vuelve a la posada… Cuenta lo que se te ocurra, que esperas a un amigo que te ha citado allí…

—¿Vendrá usted?

—No lo sé… Pero, si Heurtin se nos escapa esta vez, hay muchas probabilidades de que me despidan…

Maigret colgó y miró alrededor como si no tuviera nada mejor que hacer. Por la puerta entreabierta llamó al ordenanza.

—Escucha, Jean, en cuanto me haya ido, llamarás al juez Coméliau para decirle… ¡eh…!, para decirle que va todo bien y que lo tendré al corriente… ¿Entendido…? ¡En un tono muy amable…! Sé de lo más cortés…

A las once Maigret se bajaba de un taxi frente a La Coupole. Al empujar la puerta, la primera persona a la que vio fue al inspector Janvier, quien, como todos los policías novatos, creía adquirir un aspecto desenvuelto ocultándose tras las tres cuartas partes de un periódico desplegado, cuyas páginas no pasaba.

En el rincón opuesto, Jean Radek removía con aire indiferente el café con leche sirviéndose de una cucharilla.

Se le veía recién afeitado; llevaba una camisa limpia e incluso parecía haberse pasado el peine por el cabello rizado.

Pero la impresión dominante era que experimentaba un intenso júbilo interior.

El barman había reconocido a Maigret y se disponía a hacerle un gesto de complicidad. Janvier, tras su periódico, se entregaba también a todo tipo de mímica.

Radek hizo que todo aquello resultase inútil cuando interpeló directamente a Maigret:

—¿Quiere tomar algo?

Se había levantado a medias de su asiento. Apenas sonreía, pero no había un solo rasgo de su rostro que no revelase una gran inteligencia.

Maigret avanzó, grande y pesado; cogió una silla por el respaldo, con una mano capaz de destrozarla, y se dejó caer en ella.

—¿Ya de vuelta? —le preguntó, mirando a otra parte.

—Esos señores fueron muy amables. Parece que no me citarán ante el juez antes de quince días; tienen tanto trabajo… Ya no es hora de tomar café… ¿Qué le parece una copa de vodka con canapés de caviar…? ¡Barman…!

Este tenía el rostro colorado. Era evidente que dudaba en servir a ese extraño cliente.

—¿Espero que no me hará pagar por adelantado ahora que tengo compañía? —preguntó Radek. Y le explicó a Maigret—: Esta gente no entiende nada… Imagínese que, cuando llegué hace un momento, no querían servirme… llamó al gerente, sin decir nada… Este me rogó que me fuera… He tenido que poner el dinero sobre la mesa… ¿No le parece gracioso…? —Lo decía todo con seriedad, con aspecto casi soñador—. Si yo fuese un títere cualquiera, un gigoló como los que pudo usted ver aquí ayer, dispondría de todo el crédito que necesitase… Pero ¡yo valgo más que todos ellos…! Es evidente pues… Un día de estos, deberíamos hablar de esto, señor comisario… Tal vez no lo entienda todo… Pero, al menos, usted pertenece al grupo de los seres inteligentes…

El barman sirvió los canapés de caviar y dijo, no sin antes echar una mirada a Maigret:

—Sesenta francos…

Radek sonrió. En su rincón, el inspector Janvier seguía emboscado tras el periódico.

—Una cajetilla de Abdullah… —pidió el checo pelirrojo.

Y, mientras se la llevaban, sacó de manera ostensible de un bolsillo interior de la chaqueta un billete de mil francos arrugado y lo tiró sobre la mesa.

—¿De qué hablábamos, comisario…? ¿Me permite…? Acabo de recordar que tengo que llamar a mi sastre…

El teléfono se encontraba al fondo de la cervecería, que tenía varias salidas.

Maigret no se movió. Solo Janvier, de inmediato, siguió al hombre a distancia.

Regresaron uno tras otro, tal como se habían ido. Los ojos del inspector confirmaron que el checo había llamado efectivamente a su sastre.

7

El hombrecillo

—¿Quiere usted una opinión que le resultará de gran valor, comisario? —Radek había bajado la voz, inclinándose hacia Maigret—. Aunque sé de antemano lo que usted pensará al respecto. Pero, mire, eso me es igual… De todos modos, le daré mi opinión, o un consejo, si lo prefiere… ¡Deje correr este asunto…! No lo conducirá a nada bueno.

Maigret permanecía inmóvil, con la mirada perdida ante él.

—Y seguirá equivocándose, porque usted no entiende nada de este asunto…

El checo iba animándose poco a poco, pero de una forma sorda, muy característica. Maigret observaba sus manos, que eran largas, de una blancura asombrosa, moteadas de pecas. Parecían estirarse, participar a su modo en la conversación.

—¡No estoy cuestionando su valía profesional! Si no ha entendido usted absolutamente nada es porque, desde el principio, se rige por datos falsos. Por lo tanto, todo es falso, ¿verdad…?

»En cambio, se le han escapado a usted algunos puntos que podrían haberle ayudado…

»Un ejemplo. Admita que usted no se ha dado cuenta del papel que el Sena juega en esta historia. ¡La mansión de Saint-Cloud está a orillas del Sena! ¡La calle Monsieur-le-Prince se encuentra a quinientos metros del Sena! ¡La Citanguette, donde, según los periódicos, el preso se refugió después de su evasión, está a orillas del Sena! ¡Heurtin ha nacido en Melun, a orillas del Sena! Sus padres viven en Nandy, a orillas del Sena… —Los ojos del checo reían, mientras que el resto de su rostro permanecía serio—. Se siente algo desconcertado, ¿verdad? Parece como si yo mismo me estuviera metiendo en la ratonera. Usted no me pregunta nada y, sin embargo, yo acabo de hablarle de un asunto del que usted desea desesperadamente culparme. Pero ¿cómo, por qué…? ¡No tengo nada que ver con Heurtin…! ¡Ni con Crosby…! ¡Y tampoco con la señora Henderson ni con su doncella…! Lo único que tiene contra mí es que ayer el tal Joseph Heurtin rondaba por aquí y parecía espiarme…

»Tal vez sea verdad, tal vez no… Lo que sí es cierto es que abandoné el establecimiento bajo la protección de dos agentes…

»Pero ¿qué demuestra eso…?

»Ya le he dicho que usted no entiende nada de este asunto, y que jamás lo hará…

»¿Qué papel desempeño yo en esta historia? ¡Nada en absoluto! ¡O todo…!

»Imaginémonos a un hombre inteligente, mucho más que inteligente, que carece de ocupación alguna, que pasa sus días pensando, y se le presenta la oportunidad de analizar un problema que se relaciona con su especialidad. Porque la criminología y la medicina están relacionadas…

La inmovilidad de Maigret, que incluso no parecía estar escuchando, lo puso nervioso. Alzó el tono.

—Pues bien, ¿qué dice al respecto, comisario? ¿Acaso empieza a admitir que está equivocado? ¿No? ¿Aún no? Permítame que le diga también que no ha sido muy inteligente por su parte haber encontrado a un culpable para luego soltarlo... Porque no solamente no hallará ningún sustituto, sino que además Heurtin podría muy bien escaparse...

»Hace un momento le hablaba de datos falsos... ¿Quiere usted una nueva prueba...? ¿Quiere que le dé, al mismo tiempo, una razón para que pueda usted detenerme...?

Apuró el vodka de un trago, se echó hacia atrás y hundió la mano en un bolsillo exterior de la chaqueta.

Cuando la sacó, estaba llena de billetes de cien francos, agrupados en fajos de diez. ¡Y había diez fajos!

—¡Fíjese bien, billetes nuevos! En otras palabras: billetes cuya procedencia es fácil adivinar... ¡Busque! ¡Diviértase...! A menos que prefiera ir a acostarse, lo cual le aconsejo...

Se puso en pie. Maigret continuó sentado y miró a Radek de pies a cabeza, mientras expulsaba una espesa nube de humo de su pipa.

Empezaban a llegar clientes.

—¿Me detiene entonces...?

El comisario no tenía prisa por responder. Cogió los billetes, los miró unos instantes y luego se los metió en el bolsillo.

Finalmente se levantó a su vez, con tanta lentitud que al checo se le crispó todo el rostro. Le puso suavemente dos dedos sobre el hombro.

Era el Maigret de los grandes momentos, el Maigret poderoso, seguro de sí, tranquilo.

—Escucha, hombrecillo…

El tono del comisario contrastaba de forma soberbia con el de Radek, con su aspecto nervioso y su mirada aguda y centelleante, propia de una inteligencia totalmente distinta. Maigret tenía veinte años más que su interlocutor, y eso se notaba: «Escucha, hombrecillo…».

Janvier, que lo había oído, se esforzaba por no reírse, por contener la alegría de haber reencontrado por fin a su jefe.

Y este se limitó a añadir, con la misma desenvoltura bonachona:

—¡Ten por seguro que, un día u otro, volveremos a encontrarnos!

Saludó al barman, se metió las manos en los bolsillos y salió del bar.

—Me parece que son los mismos, pero voy a comprobarlo —dijo el empleado del hotel George-V, examinando los billetes que Maigret acababa de entregarle.

Algunos instantes más tarde estaba hablando por teléfono con el banco.

—¡Hola! ¿Anotó usted los números de los cien billetes de cien francos que recogí ayer por la mañana…?

Tomó nota con un lápiz, colgó y se volvió hacia el comisario.

—¡Son estos, efectivamente…! Espero que no se trate de algo que nos acarree problemas…

—En absoluto… ¿Están en el hotel el señor y la señora Crosby?

—Salieron hace una media hora…

—¿Los ha visto usted salir?

—Como lo estoy viendo a usted…

—¿El hotel tiene varias salidas?

—Dos, pero la otra está reservada al servicio.

—Me ha dicho usted que el señor y la señora Crosby regresaron anoche hacia las tres… Desde entonces, ¿ya no recibieron visitas?

Preguntaron al mozo de planta, a la camarera, al portero…

Maigret supo así que los Crosby no habían abandonado su suite desde las tres de la madrugada hasta las once de la mañana y que tampoco había entrado nadie en ella.

—¿Entregaron alguna carta al botones?

¡Nada! Por otra parte, el día anterior, desde las cuatro de la tarde hasta las siete de la mañana, Jean Radek estuvo en el calabozo de la comisaría de Montparnasse, por lo que no pudo comunicarse con el exterior.

Ahora bien, a las siete de la mañana, se encontraba en la calle, sin dinero. Hacia las ocho dio esquinazo al inspector Janvier en la estación de Montparnasse.

A las diez, estaba de nuevo en La Coupole, con por lo menos once mil francos encima, de los cuales, con toda seguridad, diez mil se hallaban la noche anterior en el bolsillo de William Crosby.

—¿Me permite que eche un vistazo arriba?

El gerente, molesto, accedió a que subiera, y el ascensor condujo a Maigret al tercer piso.

Era una suite como cualquier otra de un hotel, de dos dormitorios, dos cuartos de baño, un salón y un tocador.

Aún no habían hecho las camas ni retirado el servicio de desayuno. El ayuda de cámara estaba ocupado en cepillar el esmoquin del norteamericano, mientras, en el otro dormitorio, había un traje de noche sobre una silla.

Se veían objetos diversos: pitilleras, un bolso de señora, un bastón, una novela, cuyas páginas estaban aún sin cortar.

Maigret salió de nuevo a la avenida y se fue en taxi al Ritz, donde un *maître* confirmó que los Crosby, en compañía de la señorita Edna Reichberg, habían ocupado la noche anterior la mesa dieciocho. Habían llegado hacia las nueve, y no se habían ido antes de las dos y media. El *maître* no había observado nada anormal.

«Y, sin embargo, los billetes…», pensó Maigret, al atravesar la plaza Vendôme.

Se detuvo de pronto, por lo que estuvo a punto de estamparse contra el guardabarros de una limusina.

«¿Por qué diablos me los ha enseñado Radek? Peor aún: soy yo quien los tiene ahora y me resultaría muy difícil justificarme ante la ley… Y esa historia del Sena…».

De pronto paró un taxi, sin pensárselo.

—¿Cuánto tiempo lleva ir a Nandy? Está un poco más allá de Corbeil…

—Una hora… Las carreteras están mojadas…

—¡En marcha pues! Lléveme primero a un estanco…

Y Maigret, bien acomodado en un rincón del taxi, cuyos cristales se empañaban por dentro mientras por fuera goteaban por la lluvia, pasó una hora disfrutando como a él le gustaba.

Fumaba sin parar, cálidamente envuelto en su enorme abrigo negro, famoso en el Quai des Orfèvres.

Ante él, desfilaban los paisajes de los suburbios; luego, el campo otoñal atravesado, en algunas partes, por la sombría cinta del Sena, entrevista entre dos montículos o entre árboles sin hojas.

«Solo existe una razón por la que Radek haya hablado conmigo y me haya enseñado los billetes: el deseo de desviar momentáneamente la investigación, añadiendo un nuevo misterio… Pero ¿por qué…? ¿Para darle tiempo a Heurtin a huir…? ¿Para comprometer a Crosby? Pero ¡así, también se compromete a sí mismo…!», pensó Maigret.

Y el comisario recordaba las palabras del checo: «Desde el principio se rige por datos falsos…».

¡Maldita sea! ¿No sería porque había comprendido que Maigret había conseguido reabrir la investigación, pese a que el Tribunal ya había emitido su veredicto?

¿Era algo factible que esos datos se hubiesen falseado? Pero ¡existían indicios materiales imposibles de alterar…!

En todo caso, el asesino de la señora Henderson y de su doncella podría haber cogido los zapatos de Heurtin para dejar sus huellas en la mansión.

No ocurría lo mismo con huellas dactilares. Las habían encontrado en objetos que no se habían movido de la escena del crimen durante la noche, tales como las cortinas y las sábanas de la cama.

Entonces ¿qué se había falseado? ¡El propio Heurtin había sido visto a medianoche en el Pavillon Bleu! Y había regresado a su casa de la calle de Monsieur-le-Prince a las cuatro de la madrugada.

«Usted no entiende nada de este asunto, y jamás lo hará», había afirmado Radek, que surgía en el centro del caso cuando durante meses se lo había ignorado por completo.

La víspera, en La Coupole, William Crosby no había dirigido ni una sola mirada al checo. Y cuando Maigret pronunció su nombre, no se había inmutado.

¡Lo cual no impedía que los billetes de cien francos hubiesen pasado del bolsillo del uno al bolsillo del otro!

¡Radek deseaba a toda costa que la policía conociese ese detalle! ¡Mejor aún! ¡Era él, ahora, el que parecía querer estar en un primer plano, reclamar el papel principal!

«Dispuso exactamente de dos horas desde que abandonó la comisaría de policía hasta que volví a encontrármelo en La Coupole... Durante esas dos horas, se afeitó, se cambió de camisa... Y durante ese tiempo, también consiguió el dinero... —se dijo el comisario, y concluyó, para quedarse más tranquilo—: Para eso se necesita, por lo menos, media hora. Así pues, no tuvo tiempo material de ir a Nandy...».

El pueblecito se encuentra en la meseta que domina el Sena. Allá arriba, el viento oeste soplaba por ráfagas, inclinando los árboles, y los oscuros campos, por donde deambulaba un cazador que parecía minúsculo, se extendían hasta el horizonte.

—¿Dónde le dejo? —preguntó el taxista, abriendo la ventanilla interior.

—A la entrada del pueblo... Espéreme hasta que regrese...

El pueblo solo tenía una calle larga y, a la mitad de esa calle, un cartel anunciaba: ÉVARISTE HEURTIN, POSADERO.

Cuando Maigret empujó la puerta, sonó una campanilla; pero en la sala, adornada con litografías, no había nadie. Sin embargo, allí estaba el sombrero del sargento Lucas colgado de un clavo. El comisario llamó:

—¡Hola! ¿Hay alguien…?

Oyó pasos por encima de su cabeza; pero transcurrieron por lo menos cinco minutos antes de que se decidieran a bajar la escalera, que se hallaba en el fondo de un pasillo.

Entonces Maigret vio a un individuo de unos sesenta años, bastante alto, cuya mirada era de una fijeza sorprendente.

—¿Qué desea? —preguntó desde el pasillo. Pero, casi inmediatamente, dijo—: ¿Es usted también de la policía?

La voz era neutra, el hombre apenas vocalizaba; no se molestó en añadir nada. Con un gesto señaló la escalera, al pie de la cual se encontraba y cuyos escalones subió lentamente.

Del piso de arriba llegaban ruidos confusos. La escalera era estrecha; las paredes estaban blanqueadas con cal. Cuando se abrió una puerta, lo primero que vio Maigret fue al sargento Lucas, que, de pie y cabizbajo, se hallaba al lado de la ventana. Este tardó unos instantes en advertir su presencia.

También vio una cama, una silueta inclinada, y una anciana hundida en un viejo sillón estilo Voltaire.

La habitación era amplia, con falsas vigas en el techo, y en parte de las paredes el papel había desaparecido. El suelo de pino crujía bajo el peso de los cuerpos.

—¡Cierre la puerta! —exclamó con impaciencia el hombre inclinado sobre la cama.

¡Era el médico! Su maletín estaba abierto sobre la mesa redonda de caoba. Y Lucas, con el rostro descompuesto, se acercó finalmente al comisario.

—¿Ya…? ¿Cómo ha llegado tan pronto…? Hace apenas una hora que le llamé…

Con el pecho desnudo, la piel lívida, las costillas salientes, Joseph Heurtin estaba tumbado en la cama, como un objeto roto.

La anciana seguía sollozando. El padre, de pie ante la cabecera del preso, tenía una mirada que resultaba aterradora de tan vacía como estaba.

—Venga —repuso Lucas—. Lo pondré al corriente…

Salieron. En el descansillo, el sargento dudó y empujó la puerta de otra habitación que aún no habían limpiado. Por todas partes se veían prendas de mujer. La ventana daba al patio, donde las gallinas picoteaban en el estiércol mojado.

—Cuenta…

—Una mañana horrible, se lo juro… Inmediatamente después de haberle llamado, regresé aquí y le dije al gendarme que podía marcharse. Lo que pasó a continuación tuve que adivinarlo poco a poco…

»El padre de Heurtin estaba en la sala conmigo. Me preguntó si quería comer algo… Noté que me miraba con ojos recelosos, sobre todo cuando le dije que tal vez dormiría en la posada y que esperaba a alguien…

»En un momento dado, se oyeron conversaciones en voz baja en la cocina, que se halla al fondo del pasillo, y vi que el dueño mostraba cierta sorpresa… "¿Estás ahí, Victorine?", gritó. Durante dos o tres minutos se hizo el silencio. Luego apareció la anciana con una cara extraña…

»La cara de alguien que está alterado y quiere aparentar naturalidad... "Voy a por la leche", dijo. "Pero si aún es pronto...". Pero la vieja se marchó igualmente, en zuecos y con un cántaro en la cabeza, mientras que su marido se dirigía la cocina, donde solo estaba su hija...

»Oí algunas voces apagadas y sollozos, pero pude entender claramente una frase: "Debería haberme dado cuenta... Solo con ver la cara de tu madre...".

»Y se dirigió a zancadas hacia el patio... Abrió una puerta, seguramente la de del cobertizo, donde se había escondido Joseph Heurtin...

»Regresó una hora más tarde, mientras la muchacha servía de beber a dos carreteros.

»Ella tenía los ojos enrojecidos y no se atrevía a mirarnos. La anciana volvió. En el fondo de la casa se produjo un nuevo conciliábulo.

»Cuando apareció el padre, tenía esa mirada que usted ha podido observar...

»Entonces fue cuando comprendí todas esas idas y venidas... Las dos mujeres habían descubierto a Joseph Heurtin en el cobertizo y decidieron no decirle nada al viejo...

»Este notó en el ambiente que algo pasaba... Cuando se marchó su mujer, preguntó a su hija, que no pudo callarse... Entonces fue a ver a nuestro muchacho, y le dijo que no lo quería en la casa...

»Ya lo ha visto usted... Es un hombre honrado, de severos principios... Entonces adivinó quién era yo...

»No creo que me hubiera entregado al muchacho... Tal vez había decidido ayudarle a escapar...

»Hacia las diez de la mañana, yo estaba cerca de la ventana del patio, y entonces he visto a la vieja, que a pesar de la lluvia se dirigía al cobertizo sin zapatos y arrimada a la pared…

»Algunos segundos después gritaba desaforadamente… ¡Una escena terrible, jefe…! He llegado al lugar al mismo tiempo que el padre, y le juro que he visto cómo el sudor le perlaba las sienes…

»El muchacho estaba apoyado de forma extraña contra la pared y hemos debido acercarnos para comprobar que se había colgado de un clavo…

»El viejo ha tenido más presencia de ánimo que yo… Fue él quien ha cortado la cuerda, tumbado a su hijo sobre la paja y comenzado a tirarle de la lengua, mientras gritaba a su hija que fuese en busca de un médico…

»Desde entonces esto es un desbarajuste… Ya lo ha visto usted… Yo aún tengo un nudo en la garganta…

»En Nandy nadie sabe la verdad… Creen que es la anciana la que se ha puesto enferma…

»Entre los dos hemos subido el cuerpo, y hace una hora que el médico está con él…

»Según parece, Joseph Heurtin saldrá de esta con vida… Su padre no ha dicho ni una palabra… La chica sufrió un ataque de nervios y la han encerrado en la cocina para que no se oigan sus gritos…

Se abrió una puerta. Maigret se dirigió al descansillo y vio al médico, que ya se iba.

Bajó al mismo tiempo que él y lo detuvo en la sala del café.

—Policía judicial, doctor… ¿Cómo está?

Era un médico de pueblo que no ocultaba su escasa simpatía por la policía.

—¿Se lo va a llevar? —preguntó, malhumorado.

—No lo sé… ¿Cómo está…?

—Lo han descolgado a tiempo… Tardará varios días en recuperarse… ¿Ha sido en la Santé donde se ha debilitado de esa forma…? Uno creería que apenas tiene sangre en las venas…

—Quisiera pedirle que no hable de esto con nadie, ¿comprende…?

—La recomendación huelga… Existe el secreto profesional…

El padre también había bajado. Miraba fijamente al comisario. Pero no hizo ninguna pregunta. Cogió de forma maquinal dos vasos vacíos de la barra y los metió en el fregadero.

Transcurrió un minuto cargado de una angustia contenida. Los sollozos de la joven llegaban hasta los tres hombres. Finalmente, Maigret soltó un suspiro.

—¿Le gustaría que se quedase aquí durante algún tiempo? —preguntó, mirando al anciano.

No obtuvo respuesta.

—Me veo obligado a dejar a uno de mis hombres en la casa…

La mirada del posadero se clavó en Lucas. Luego, miró de nuevo a la barra. Una lágrima resbaló por su mejilla.

—Ha jurado a su madre… —empezó a decir.

Pero volvió la cabeza. Era incapaz de seguir hablando. Para darse ánimo, se sirvió una copa de ron y sintió una náusea que hizo que le temblasen los labios.

Maigret se volvió hacia Lucas y se limitó a decirle:

—Quédate…

No se marchó enseguida. Recorrió el pasillo y encontró una puerta que comunicaba con el patio interior. A través de los cristales de la cocina vio una figura femenina arrimada a la pared y con la cabeza apoyada sobre los brazos cruzados.

Al otro lado del montón de estiércol, la puerta del cobertizo se hallaba abierta de par en par y un trozo de cuerda colgaba aún de un clavo de hierro.

El comisario se encogió de hombros, desanduvo lo andado y solo encontró a Lucas en el café.

—¿Dónde está?

—Arriba…

—¿No ha dicho nada…? Te mandaré a alguien para que te releve… Habrá que llamarme dos veces al día…

—¡Eres tú, te digo que eres tú quien lo ha matado…! —sollozaba la anciana en el primer piso—. ¡Vete…! ¡Tú lo has matado…! ¡Mi pequeño…! ¡Mi pequeñín…!

La campanilla sonó al extremo de su soporte. Era Maigret, el cual había abierto la puerta y se dirigía en busca del taxi que lo esperaba a la entrada del pueblo.

8

Un hombre en la casa

Cuando Maigret se bajó del taxi frente a la mansión Henderson, en Saint-Cloud, era poco más de las tres de la tarde. Al regresar de Nandy, recordó que se había olvidado de devolver a los herederos de la norteamericana la llave que le habían dado en julio en el curso de la investigación.

Fue a la mansión sin un objetivo determinado, o, mejor dicho, con la esperanza de que el azar le ayudase a descubrir algún detalle que se le hubiera escapado, o que la atmósfera de aquel lugar le aportara alguna idea nueva.

El edificio, rodeado de un jardín que apenas podía calificarse de parque, era grande, sin ningún estilo en particular, donde se alzaba una torrecilla de pésimo gusto.

Todos los postigos estaban cerrados. Las avenidas se veían cubiertas de hojas secas.

La puerta de la verja cedió, y el comisario se encontró a disgusto en aquel escenario tan desolado, que recordaba más a un cementerio que a una vivienda.

Subió sin entusiasmo alguno la escalinata de cuatro peldaños flanqueada de pretensiosas figuras de yeso y coronada por una araña de cristal, abrió la puerta de entrada y tuvo que acostumbrar sus ojos a la penumbra que reinaba en el interior.

Era siniestro, fastuoso y miserable al mismo tiempo. La planta baja no se utilizaba desde hacía cuatro años, es decir, desde la muerte del señor Henderson.

Pero la mayoría de los muebles y de los objetos seguían en el mismo sitio. Cuando Maigret entró en un amplio salón, la lámpara de cristal se puso a tintinear suavemente, mientras las planchas de madera del suelo crujían bajo sus pasos.

Al ver el interruptor de la luz, sintió curiosidad. Diez bombillas, de las veinte que había, se encendieron. Estaban tan cubiertas de polvo que desprendían una luz tamizada.

En un rincón, había alfombras de gran valor enrolladas. Habían arrinconado los sillones en el fondo de la habitación, donde se veían varios baúles amontonados, sin ningún orden. Uno estaba vacío. El otro contenía aún, con bolas de naftalina, ropas del muerto.

¡Y hacía ya cuatro años que había muerto! Había llevado una vida lujosa. En esa misma sala, se habían dado recepciones de las que se habían hecho eco los periódicos.

Sobre la inmensa chimenea se veía aún una caja de habanos empezada.

¿No era en aquel lugar donde mejor se daba uno cuenta de la decadencia de la casa?

La señora Henderson tenía casi setenta años cuando enviudó. Se encontraba demasiado cansada, por lo ni se había planteado una nueva vida.

Se había limitado a encerrarse en sus habitaciones, dejando el resto de la casa abandonado.

La pareja sin duda había sido feliz, o, en todo caso, había sido una pareja brillante, con numerosas relaciones sociales en las grandes capitales del mundo…

¡Y de esa pareja solo había quedado una anciana encerrada con su doncella!

Y esa misma anciana, una noche…

Maigret atravesó otros dos salones, un comedor de gala, y se encontró al pie de una gran escalinata, cuyos peldaños, hasta el primer piso, eran de mármol.

Los sonidos más ligeros resonaban en el vacío absoluto de la casa.

Los Crosby no habían tocado nada. Seguramente también, después del entierro de su tía, no habían vuelto allí.

La habían dejado en el abandono más absoluto, hasta el punto de que el comisario encontró sobre la alfombra de la escalinata una vela de la que se había servido en el transcurso de la investigación judicial.

Cuando alcanzó el primer descansillo, se detuvo de repente, presa de un malestar que le llevó unos instantes reconocer. Entonces aguzó el oído, contuvo la respiración.

¿Había oído algo? No estaba seguro. Pero, por una u otra razón, tenía la certeza de no encontrarse solo en la casa.

Le pareció percibir como un soplo de vida. Al principio se encogió de hombros; pero, al empujar la puerta que se encontraba frente a él, sus cejas se fruncieron al tiempo que inspiraba profundamente.

Olió a tabaco, pero no se trataba de un olor a tabaco impregnado en alguna parte, no; en aquella habitación habían fumado unos instantes antes. ¿Acaso seguían fumando?

Echó a andar rápidamente y se encontró en el tocador de la difunta. La puerta del dormitorio estaba entreabierta, pero cuando la franqueó no vio nada. Sin embargo, el olor se intensificó. Además, en el suelo se veía ceniza de cigarrillo.

—¿Quién está ahí…?

Habría querido estar menos nervioso, pero fue incapaz de reaccionar como debía.

¿Acaso no concurría todo a alterarlo? En el dormitorio, aún se veían algunas huellas de aquel crimen atroz. Un vestido de la señora Henderson se hallaba todavía sobre la poltrona. A través de las persianas, se filtraban líneas regulares de luz.

Y, en esta penumbra fantástica, alguien se movía.

Pues se oyó un ruido en el cuarto de baño, un ruido metálico. Maigret se precipitó hacia él, pero no vio a nadie; esta vez le llegaron claramente unos pasos al otro lado de una puerta que comunicaba con un cuarto trastero.

Por inercia se palpó el bolsillo donde llevaba el revólver. Empujó la puerta, atravesó corriendo el cuarto y se encontró con una escalera de servicio.

Ahí había más luz, porque las ventanas, que daban al Sena, no tenían persianas.

Alguien subía la escalera, tratando de ahogar el ruido de sus pasos. El comisario repitió:

—¿Quién está ahí…?

Su nerviosismo era cada vez mayor. ¿Acaso iba a comprenderlo todo en el momento más inesperado?

Echó a correr. Una puerta golpeó violentamente en el piso superior. El desconocido huía, atravesaba una habitación, abría y cerraba otra puerta.

Maigret iba ganando terreno. Al igual que en la planta baja, las habitaciones de invitados estaban en el más completo abandono, con muebles y objetos de toda clase amontonados.

Un jarrón se rompió con gran estrépito. El comisario solo temía una cosa: tropezar con una puerta que el que huía hubiese cerrado con cerrojo.

—¡En nombre de la ley…! —gritó por si acaso.

Pero el otro seguía corriendo. Atravesaron así la mitad del primer piso. En un momento dado, la mano de Maigret tocó el pomo de una puerta, al mismo tiempo que la mano del desconocido tratada de cerrar con llave del otro lado.

—¡Abra o…!

La llave giró, y corrieron el cerrojo. Maigret sin pensárselo, retrocedió unos pasos y se lanzó contra el panel de la puerta, que crujió bajo su peso.

La puerta se movió, pero no cedió. En la pieza contigua se abrió una ventana.

—¡En nombre de la ley…!

No se le ocurrió pensar que su presencia en aquel lugar, en aquella casa, que ahora pertenecía a William Crosby, era ilegal, porque no tenía ninguna orden judicial.

Dos, tres veces se arrojó contra la puerta, uno de cuyos paneles empezó a ceder.

Cuando intentaba una nueva acometida sonó un disparo, seguido de un silencio tan absoluto que Maigret se quedó clavado en el sitio, en suspenso, con la boca entreabierta.

—¿Quién está ahí…? ¡Abra…!

¡Nada! ¡Ni un estertor! ¡Tampoco el ruido característico de un revólver que se carga de nuevo!

Entonces, preso de la rabia, el comisario se lanzó con todas sus fuerzas contra aquella puerta, que cedió bruscamente, tanto que se vio precipitado a la habitación, donde estuvo a punto de estrellarse.

Un aire frío, húmedo, penetraba por la ventana abierta, a través de la cual se veían los cristales iluminados de un restaurante y la masa amarilla de un tranvía.

Sobre el suelo, se hallaba sentado un hombre, apoyado contra la pared y ligeramente inclinado hacia la izquierda.

La mancha gris de su traje y la silueta fueron suficientes para que Maigret reconociera a William Crosby, pero habría sido difícil identificar su rostro.

En efecto, el norteamericano se había disparado un tiro en la boca, a quemarropa, y la bala le había destrozado media cabeza.

El comisario atravesó de nuevo, lentamente, con expresión sombría, todas las habitaciones, cuyas luces fue encendiendo. Algunas lámparas no tenían bombillas, pero la mayoría, contra todo pronóstico, funcionaban aún.

Así pues, la mansión se iluminó toda ella, aunque se veían algunos rincones oscuros.

En el dormitorio de la señora Henderson, el comisario vio sobre la mesilla de noche un teléfono. Descolgó por si acaso, y un chasquido le confirmó que la línea no había sido cortada.

Nunca había sentido, hasta tal punto, la impresión de hallarse en una casa donde reinaba la muerte.

¿Acaso no estaba sentado al borde de la cama donde habían asesinado a la anciana norteamericana? Frente a él, se veía la puerta tras la que se había encontrado el cadáver de la doncella.

Y arriba, en una habitación destartalada, había un nuevo cadáver, al lado de una ventana por la que entraba el aire lluvioso de la tarde.

—¡Hola…! Páseme con la prefectura, por favor. —No podía evitar hablar bajo—. ¡Hola! Póngame con el director de la policía judicial…. Soy Maigret. ¿Hola? ¿Es usted, jefe…? William Crosby acaba de suicidarse en la villa Saint-Cloud. ¿Hola? ¡Sí! Estoy en la casa… ¿Quiere usted dar las órdenes oportunas…? ¡Me encontraba aquí…! Sí, a menos de cuatro metros de él… Una puerta cerrada nos separaba… Ya sé… ¡No! Ahora no puedo explicarlo… Más tarde, quizá…

Cuando hubo colgado, permaneció varios minutos inmóvil, mirando ante sí.

Luego, sin darse cuenta, llenó lentamente una pipa que se olvidó de encender.

La mansión le causaba la impresión de una gran caja vacía y fría, en la que él solo era un ser ínfimo.

—Los datos falsos… —dijo a media voz.

Estuvo a punto de ir al piso de arriba. Pero ¿para qué? El norteamericano estaba muerto… Su mano derecha empuñaba el revólver automático con el que se había matado.

Maigret rio burlonamente ante la idea de que, instantes después de los hechos, habrían comunicado al juez Coméliau lo ocurrido. Sería él quien acudiría, sin duda, acompañado de agentes y de expertos de la policía científica.

De la pared colgaba un gran retrato al óleo del señor Henderson, con aspecto solemne, de etiqueta, con el gran cordón de la Legión de Honor y condecoraciones extranjeras.

El comisario siguió avanzando y entró en la habitación contigua, que era la de Élise Chatrier. Abrió un armario y vio trajes negros, de seda y de lana, cuidadosamente colgados.

Escuchaba con atención los ruidos del exterior. Suspiró aliviado cuando oyó dos coches que se paraban al mismo tiempo ante la verja. Luego, se oyeron voces en el jardín. El señor Coméliau decía, con su nerviosismo habitual, que le daba un tono demasiado agudo:

—Es inverosímil… inadmisible…

Maigret se encaminó hacia el descansillo como un anfitrión que recibe a sus invitados y, cuando la puerta de abajo se abrió, dijo:

—Por aquí…

Más adelante, recordaría la actitud del juez, que surgió bruscamente ante él y le miró a los ojos con expresión feroz, los labios temblando de indignación, mientras exclamaba:

—Espero sus explicaciones, comisario…

Maigret se limitó a conducirlo a través de los pasillos de servicio y de las habitaciones del segundo piso.

—Aquí tiene…

—¿Fue usted quien lo citó en la casa?

—No sabía que se encontraba aquí… Vine para asegurarme de que no se había pasado por alto ningún indicio.

—¿Dónde estaba?

—Seguramente en el dormitorio de su tía… Echó a correr… Lo perseguí… Cuando llegó a esta habitación, intenté echar abajo la puerta, y entonces se suicidó…

Por la mirada del juez, parecía que creía que Maigret se lo había inventado todo. Pero, en realidad, la mirada se debía al horror del magistrado ante las posibles complicaciones futuras.

El médico estaba examinando el cadáver. Los técnicos, fotografiando el lugar de los hechos.

—¿Y Heurtin? —preguntó secamente el señor Coméliau.

—Regresará a la Santé cuando usted lo ordene…

—¿Lo ha encontrado?

Maigret se encogió de hombros.

—Entonces, inmediatamente, ¿no?

—A sus órdenes, señor juez…

—¿Es todo cuanto tiene que decirme?

—Por el momento…

—¿Continúa creyendo que…?

—¿Que Heurtin no es el asesino? ¡No lo sé! ¡Le pedí a usted diez días! Solo han pasado cuatro…

—¿Adónde piensa usted llegar?

—Lo ignoro.

Maigret hundió las manos en los bolsillos, siguió con la vista las idas y venidas de los miembros del juzgado, bajó de pronto al dormitorio de la señora Henderson y descolgó el teléfono.

—¡Hola! ¿Hotel George-V…? ¿Puede decirme si la señora Crosby está en el hotel…? ¿Cómo dice…? ¿En el salón de té…? Muchas gracias… ¡No…! No le diga nada…

El señor Coméliau, que le había seguido y permanecía de pie en el umbral de la puerta, lo miraba con severidad.

—Ya ve usted qué complicaciones…

Maigret no respondió, se puso el sombrero y, tras saludarlo secamente, se marchó. No le había dicho al taxi que lo había llevado a Saint-Cloud que lo esperase, por lo que tuvo que andar hasta el puente para encontrar uno.

Música suave. Parejas que bailaban lentamente. Grupos de mujeres bonitas, extranjeras, sobre todo, alrededor de mesitas, en el cuadro discreto del salón de té del hotel George-V.

Maigret, tras dejar de mala gana su abrigo en el guardarropa, se acercó a un grupo donde había reconocido a la señora Crosby y a la señorita Edna Reichberg.

Se hallaban en compañía de un joven, de tipo escandinavo, que debía de contarles historias bastante graciosas, porque no dejaban de reír.

—Señora Crosby… —dijo el comisario con una inclinación de la cabeza.

Ella lo miró con curiosidad. Luego se volvió hacia sus compañeros, con la expresión de asombro de quien no espera ser molestado.

—Dígame…

—¿Puede usted concederme unos minutos a solas…?

—¿Ahora mismo…? ¿Qué sucede?

Pero Maigret estaba tan serio que la señora Crosby se levantó de su silla y buscó alrededor un lugar tranquilo.

—Vayamos al bar… A esta hora no hay nadie…

En efecto, el bar estaba desierto. Ambos permanecieron de pie.

—¿Sabía usted que su marido iba a ir esta tarde a Saint-Cloud…?

—No entiendo… Es libre de…

—Le pregunto si le dijo que pensaba ir a la mansión…

—No…

—¿Han estado ustedes allí después de la muerte de…?

Ella negó con la cabeza.

—¡Nunca! Es demasiado triste…

—Su marido ha ido hoy allí, solo…

La señora Crosby empezaba a inquietarse y miraba al comisario con impaciencia.

—¿Y bien…?

—Ha sufrido un accidente…

—Con el coche, ¿verdad?… Habría apostado…

Edna acudió a curiosear con el pretexto de buscar su bolso que había dejado olvidado en alguna parte.

—No, señora… Su marido se ha suicidado…

Los ojos de la mujer se llenaron de asombro y de duda. Por un instante estuvo a punto de soltar una carcajada.

—¿William…?

—Se ha disparado un tiro en…

La señora Crosby agarró con manos febriles las muñecas de Maigret, mientras le hacía preguntas en inglés en un tono vehemente.

De repente todo su cuerpo se estremeció, soltó al comisario y retrocedió un paso.

—Me veo obligado, señora, a anunciarle que su marido ha muerto, hace dos horas, en la mansión de Saint-Cloud.

La mujer se desentendió del comisario. Atravesó el salón de té casi corriendo, sin mirar a Edna ni a su compañero; se dirigió al vestíbulo y, sin sombrero, sin nada en las manos, salió a la calle.

El portero le preguntó:

—¿Un coche, señora?

Pero ella ya estaba en un taxi y le gritaba al chófer:

—¡A Saint-Cloud…! ¡Deprisa…!

Maigret no la siguió; cogió su abrigo del guardarropa y, como pasaba un autobús en dirección a la Cité, se subió de un salto a la plataforma.

—¿Me han llamado por teléfono? —le preguntó al ordenanza.

—Hacia las dos… Hay una nota sobre su mesa…

La nota decía: «Mensaje del inspector Janvier para el comisario Maigret. Prueba en el sastre. Comida restaurante bulevar Montparnasse. A las dos, Radek toma su café en La Coupole. Ha telefoneado dos veces».

¿Y desde las dos de la tarde?

Después de haber cerrado con llave la puerta de su despacho, Maigret se acomodó en su sillón. Cuando despertó, se sorprendió al ver que su reloj marcaba las diez y media.

—¿Me han llamado por teléfono?

—¿Estaba usted ahí? ¡Creía que había salido…! El juez Coméliau le ha llamado dos veces…

—¿Y Janvier?

—No…

Media hora más tarde, Maigret entraba en el bar de La Coupole, donde buscó en vano a Radek y al inspector. Se llevó aparte al barman.

—¿Ha vuelto el checo…?

—Ha pasado la tarde aquí, en compañía del amigo de usted… Ya sabe, el joven del impermeable…

—¿En la misma mesa?

—En aquel rincón… Se han bebido por lo menos cuatro whiskies cada uno…

—¿A qué hora se marcharon?

—Antes comieron en la cervecería…

—¿Juntos?

—Juntos… Debieron de salir hacia las diez…

—¿No sabe adónde han ido?

—Pregunte al botones… Fue él quien les llamó un taxi…

El botones se acordaba.

—Mire, es ese taxi azul, que suele aparcar aquí delante… No han debido de ir muy lejos, porque el taxista ya ha regresado…

Y el taxista le dijo un instante después:

—¿Los dos clientes…? Los he llevado al Pélican, calle de las Écoles…

—Lléveme allí…

Maigret entró en el Pélican con expresión malhumorada, apartando de mala manera al botones y luego al camarero que pretendía conducirlo a la gran sala.

En el bar, entre el bullicio de mujeres de vida fácil y juerguistas, vio a los dos hombres en un extremo de la barra, sentados en altos taburetes.

Le bastó echar un vistazo para darse cuenta de que Janvier tenía los ojos brillantes y el rostro demasiado animado.

A Radek se le veía más bien sombrío, mientras contemplaba su vaso.

Maigret se acercó sin vacilar, mientras el inspector, manifiestamente borracho, le indicaba por señas que significaban: «¡Todo va bien…! ¡Déjeme actuar…! Que no lo vea usted…».

El comisario se colocó al lado de ambos. El checo, con voz pastosa, murmuró:

—¡Vaya, vaya…! ¡Volvemos a encontrarnos…!

Janvier seguía gesticulando de un modo que él debía de considerar muy discreto y elocuente a la vez.

—¿Qué va a tomar, comisario?

—Dígame, Radek…

—¡Barman! Lo mismo para el señor…

Y el checo, tras apurar de un trago la mixtura que tenía ante sí, dijo soltando un suspiro:

—¡Le escucho…! Tú también le escuchas, ¿eh, Janvier…? —dijo, y le dio una palmada en la espalda al inspector.

—¿Hace mucho que no ha ido a Saint-Cloud? —preguntó lentamente Maigret.

—¿Yo…? ¡Ja, ja…! ¡Qué bromista…!

—¿Sabe usted que hay otro cadáver?

—Buen negocio para los sepultureros… A su salud, comisario…

No hacía teatro. Estaba borracho, menos que Janvier, sí, pero lo suficiente, al menos, para que los ojos parecieran salírsele de las órbitas y para agarrarse a la barra a fin de no caerse.

—¿Quién es el suertudo?

—William Crosby.

Durante algunos segundos, Radek pareció luchar contra su borrachera como si, de pronto, se hubiera dado cuenta de la gravedad del momento.

Luego se echó a reír, inclinándose hacia atrás y haciendo señas al barman de que llenara los vasos.

—Bueno, tanto peor para usted…

—¿Qué quiere decir…?

—¡Que no entiende usted nada, amigo…! ¡Menos que nunca…! Ya se lo advertí desde el principio… Y ahora, déjeme que le proponga algo bueno… Ya nos hemos puesto de acuerdo Janvier y yo… Su consigna es vigilarme… Bien, pues a mí eso poco me importa… Y he pensado que, en vez de ir el uno tras el otro tontamente, sería más inteligente divertirnos juntos… ¿Ha cenado usted…? Pues bien, como nunca se sabe qué puede suceder mañana, propongo que nos echemos unas risas… Este lugar está lleno de mujeres bonitas…Cada uno de nosotros elegirá una… Janvier ya le ha hecho proposiciones a aquella morenita… Yo… aún estoy dudando por cuál decidirme… Por supuesto pago yo, ¿eh…?

»¿Qué le parece…?

Miró al comisario, quien lo miró a su vez, y Maigret no vio ningún indicio de borrachera en el rostro del otro.

De nuevo eran aquellas pupilas brillantes, de una inteligencia aguda, las que lo miraban con una intensa ironía, como si Radek se hallase realmente presa de un enorme entusiasmo.

9

Al día siguiente

Eran las ocho de la mañana. Maigret, que había dejado a Radek y a Janvier cuatro horas antes, estaba bebiéndose un café bien cargado mientras, lentamente, con pausas entre cada frase, escribía con letra grande:

7 de julio.— A medianoche, Joseph Heurtin se toma cuatro copas de coñac en el Pavillon Bleu, de Saint-Cloud, y se le cae un billete de tren de tercera clase.

A las dos y media, la señora Henderson y su doncella son asesinadas a puñaladas, y las huellas dejadas por el asesino coinciden con las de Heurtin.

A las cuatro este regresa a su casa, calle Monsieur-le-Prince.

8 de julio.— Heurtin acude a su trabajo como de costumbre.

9 de julio.— Gracias a las pisadas de sus zapatos, es detenido en casa de su jefe, calle de Sèvres. No niega haber ido a Saint-Cloud. Declara que no ha matado a nadie.

2 de octubre.— Joseph Heurtin, que sigue negando haber matado a nadie, es condenado a muerte.

15 de octubre.— Se escapa de la Santé, siguiendo el plan concebido por la policía; deambula toda la noche por París y termina en La Citanguette, donde duerme.

16 de octubre.— Los periódicos de la mañana anuncian la evasión, sin añadir comentarios.

A las diez, un desconocido escribe, en el bar de La Coupole, una carta dirigida al *Sifflet,* en la que revela la complicidad de la policía en la evasión. Este individuo es extranjero, escribe a propósito con la mano izquierda y es probable que sufra una enfermedad incurable.

A las seis de la tarde, Heurtin se levanta. El inspector Dufour, que intenta arrebatarle el periódico que tiene en la mano, es golpeado en la cabeza con un sifón. Heurtin se aprovecha de la confusión reinante, apaga la luz y huye, mientras el inspector, aterrado, dispara su revólver sin resultado.

17 de octubre.— A mediodía, William Crosby, su mujer y Edna Reichberg toman el aperitivo en el bar de La Coupole, del que son clientes habituales. El checo Radek se toma un café con leche y un yogur sentado solo a una mesa. Los Crosby y Radek no parecen conocerse.

En el exterior, Heurtin, extenuado, hambriento, espera a alguien.

Los Crosby salen y él no les presta atención.

Heurtin sigue esperando y, en un momento dado, Radek es la única persona que queda en el bar.

A las cinco, el checo pide caviar, se niega a pagar y sale acompañado por dos policías.

En cuanto Radek se ha marchado, Heurtin abandona la vigilancia y se dirige hacia la casa de sus padres, en Nandy.

Ese mismo día, hacia las nueve de la noche, Crosby cambia en la oficina del hotel George-V un cheque de cien dólares y luego se guarda los fajos de billetes franceses en el bolsillo.

En compañía de su esposa, asiste a una velada de beneficencia en el Ritz, de la que regresan alrededor de las tres de la madrugada y ya no abandonan su suite.

18 de octubre.— En Nandy, Heurtin se esconde en el cobertizo, donde su madre lo encuentra, y oculta su presencia.

A las nueve, su padre sospecha algo, va a buscarlo *y* le ordena que se vaya por la noche.

A las diez, Heurtin intenta suicidarse colgándose en ese mismo cobertizo.

En París, a las siete de la mañana, Radek es puesto en libertad por el comisario de policía de Montparnasse. Le da esquinazo al inspector Janvier, que lo sigue, se afeita, se cambia en alguna parte de camisa, a pesar de no tener un céntimo en el bolsillo.

A las diez, entra ostensiblemente en La Coupole y exhibe un billete de mil francos, sentándose a una mesa.

Un poco más tarde, al ver a Maigret, lo llama, lo invita a tomar unos canapés de caviar y, sin que nadie se lo pida, habla del caso Henderson, afirmando que la policía nunca entenderá lo que sucedió.

Ahora bien, la policía jamás ha pronunciado el nombre de Henderson delante de él.

De forma espontánea arroja sobre la mesa diez fajos de billetes de cien francos, precisando que, por ser nuevos, son fácilmente identificables.

William Crosby, que había regresado al hotel a las tres de la mañana, *aún no ha salido de su suite.* Y, sin embargo, esos billetes son los mismos que le entregó la víspera el empleado del hotel George-V a cambio del cheque.

El inspector Janvier permanece en La Coupole para vigilar a Radek. Después de comer, el checo le invita a beber y *llama dos veces* por teléfono.

A las cuatro, hay un hombre en la mansión de Saint-Cloud, que desde el fallecimiento de la señora Henderson y de su doncella permanece abandonada. Es William Crosby. Se encuentra en el primer piso. Oye un rumor de pasos en el jardín. Por la ventana *debe* de haber reconocido a Maigret.

Y se esconde. Huye a medida que Maigret se acerca a él. Sube al segundo piso. Retrocede de habitación en habitación y, acorralado en un dormitorio sin salida, abre la ventana, se da cuenta de que no hay escapatoria y se dispara un tiro en la boca.

Mientras, la señora Crosby y Edna Reichberg están en el salón de té del hotel George-V.

Radek ha invitado al inspector Janvier a cenar y luego a tomar algo en un establecimiento del Barrio Latino.

Cuando Maigret los encuentra hacia las once de la noche están borrachos, y hasta las cuatro de la madrugada Radek se complace en llevar a sus compañeros de bar en bar, en hacerles beber, en beber él mismo, mostrándose tan pronto borracho como lúcido, pronunciando frases voluntariamente ambiguas y repitiendo que la policía jamás resolverá el caso Henderson.

A las cuatro invita a dos mujeres a su mesa. Insiste en que sus compañeros hagan otro tanto y, como estos se niegan, se va con ellas a un hotel del bulevar Saint-Germain.

19 de octubre.— A las ocho de la mañana el empleado de recepción del hotel responde: «Las dos señoras siguen acostadas. Su amigo acaba de salir. Ha pagado».

Maigret sentía un cansancio que raramente había experimentado en el transcurso de una investigación. Miró vagamente las líneas que acababa de escribir y estrechó sin decir palabra la mano de un colega que fue a saludarle, haciéndole señas de que lo dejara solo.

Al margen anotó: «Comprobar qué estuvo haciendo William Crosby desde las once de la mañana hasta las cuatro de la tarde del 19 de octubre».

Luego, bruscamente, con la frente fruncida, descolgó el teléfono y pidió hablar con La Coupole.

—Quisiera saber desde qué fecha no se ha recibido correspondencia a nombre de Radek.

Cinco minutos después tenía la respuesta.

—Hace por lo menos diez días.

Luego preguntó en la pensión donde el checo tenía alquilada una habitación.

—Desde poco más de una semana —le dijeron.

Cogió una guía telefónica, buscó la lista de las oficinas de mensajería y llamó al teléfono de la del bulevar Raspail.

—¿Tienen ustedes un abonado llamado Radek...? ¿No...? Seguramente ha pedido que le manden su correo a unas iniciales... Habla la policía... Escuche, señorita... Es un extranjero, bastante mal vestido, pelirrojo, con el cabello muy largo y rizado... ¿Cómo dice...? ¿Las iniciales M. V...?

¿Cuándo recibió por última vez una carta…? Sí, infórmese… Espero… No cuelgue, por favor…

Llamaron a la puerta.

—¡Adelante…! —gritó Maigret sin volverse.

»¡Hola…! Sí… ¿Cómo dice…? ¿Ayer por la mañana, hacia las nueve…? ¿La carta llegó por correo…? Gracias… Un momento, por favor… Era bastante voluminosa, ¿verdad? Como si contuviera una gran cantidad de billetes de banco…

—¡No está mal…! —masculló una voz detrás de Maigret.

Este se volvió. El checo estaba allí con su expresión taciturna. Sin embargo, un fulgor, apenas perceptible, brillaba en sus pupilas. Prosiguió mientras se sentaba:

—¡Es cierto que resulta algo infantil…! Muy bien, de modo que ahora ya sabe usted que recibí dinero ayer por la mañana en la oficina de mensajería del bulevar Raspail. Ese dinero estaba la noche anterior en el bolsillo del pobre Crosby… Pero ¿fue el propio Crosby quien lo mandó…? Ahí reside el problema.

—¿Lo ha dejado pasar el ordenanza?

—Estaba ocupado con una señora… He fingido ser de la casa y he visto su nombre en la puerta… ¡Qué inteligente…! ¡Y pensar que estamos en los despachos de los altos funcionarios de la policía…!

Maigret observó que tenía el rostro cansado, no como alguien que ha pasado la noche insomne, sino como un enfermo que acaba de sufrir una crisis. Tenía bolsas bajo los ojos. Los labios estaban descoloridos.

—¿Desea usted decirme algo?

—Pues no lo sé… He venido sobre todo para saber cómo estaba usted. ¿Llegó bien a casa anoche?

—Muy bien, gracias.

Desde donde se encontraba, el checo vio el resumen que el comisario había hecho para aclarar sus ideas, y una sonrisa incipiente afloró en sus labios.

—¿Conoce usted el caso Taylor? —le preguntó a quemarropa—. Claro que usted no debe de leer los periódicos norteamericanos... Desmond Taylor, uno de los mejores directores de cine de Hollywood, uno de los más conocidos, fue asesinado en mil novecientos veintidós... Se sospechó de más de una docena de artistas de cine, entre ellos varias mujeres muy hermosas... Todos fueron puestos en libertad... ¿Y sabe usted qué se ha escrito con fecha de hoy, después de tantos años...? Cito de memoria, pero le advierto que la tengo excelente: «Desee el comienzo de la investigación, la policía sabía quién había matado a Taylor. Pero las pruebas de las que disponía eran tan insuficientes y tan poco consistentes que, aunque el propio culpable se hubiese entregado, este se habría visto obligado a aportar pruebas materiales y a presentar testigos que corroborasen su confesión...».

Maigret miró a Radek con asombro, y este, cruzando las piernas y encendiendo un cigarrillo, prosiguió:

—Tenga en cuenta que estas palabras han sido pronunciadas por el propio jefe de la policía... Hace un año de esto... No me he inventado ni una sola palabra... Y, desde luego, *jamás han detenido al asesino de Taylor...*

El comisario, fingiendo indiferencia, se recostó en su sillón, colocó los pies sobre la mesa y esperó como si dispusiera de mucho tiempo y no prestase gran interés a la conversación.

—Por cierto, ¿se ha planteado usted investigar a William Crosby…? Cuando ocurrió el crimen, la policía no pensó en ello… o no se atrevió…

—¿Me trae usted esos informes? —preguntó Maigret a regañadientes.

—¡Si los quiere usted…! En Montparnasse, cualquiera podría ponerle al corriente. Primero, en el momento de la muerte de su tía, tenía una deuda de más de seiscientos mil francos, y hasta el propio Bob, de La Coupole, le prestaba dinero… Es algo muy frecuente en las grandes familias… Por mucho que fuera sobrino de Henderson, nunca fue muy rico… Otro de sus tíos es multimillonario… Un primo suyo es administrador del mayor banco norteamericano… Pero su padre se arruinó hace diez años… ¿Entiende…? Resumiendo: era el pariente pobre…

»Y, para colmo, todos sus tíos y tías tienen hijos, salvo los Henderson…

»Por tanto, se pasó la vida esperando primero la muerte del viejo primero; después, la de señora Henderson… Pues ambos tenían más de setenta años… ¿Cómo dice…?

—No he dicho nada.

Era evidente que el silencio de Maigret desconcertaba al checo.

—Usted sabe tan bien como yo que, en París, si uno tiene un apellido ilustre, puede vivir perfectamente sin dinero… Crosby, además, era un muchacho encantador… Jamás ha trabajado, cierto… Pero poseía un buen humor desbordante… Era como un niño grande, dichoso de vivir y de disfrutar con todo…

»¡Sobre todo con las mujeres…! Sin mala intención…

¿Conoce usted a la señora Crosby…? La quería muchísimo…

»Lo que no impedía que… Afortunadamente, entre los testigos de estos hechos existe una verdadera masonería… Yo los he visto tomar el aperitivo juntos en La Coupole… Una mujer esperaba, haciendo señas a William… Y él le decía a su mujer: «¿Me disculpas, querida…? Tengo un recado pendiente por el barrio…». Y todo el mundo sabía que pasaría media hora en el primer hotel de la calle Delambre que encontrara…

»¡Y no una vez, sino cientos de veces…! Naturalmente, Edna Reichberg también era su amante, y, aun así, pasaba los días en compañía de la señora Crosby, siendo de lo más amable con esta… ¡E igual con numerosas mujeres…! No podía negarles nada… Creo que las quería a todas…

Maigret bostezó y luego se desperezó.

—Otras veces, pese a no saber cómo pagaría luego el taxi, ofrecía rondas de quince cócteles a personas a las que apenas conocía… ¡Y reía…! Jamás lo he visto preocupado… Imagínese a alguien que ha recibido desde la cuna el don del buen humor, un ser al que todo el mundo aprecia y que, a su vez, aprecia a todo el mundo, a quien se le perdona todo, incluso cosas que no se le perdonarían a nadie… Y, al mismo tiempo, un ser al que todo le sale bien… ¿Es usted jugador…? ¿Sabe lo que es ver que tu contrincante levanta un siete y tú le das la vuelta a tus cartas y sacas un ocho…? ¿Y a la siguiente jugada él saca un ocho y tú un nueve…? ¡Y así siempre! Como si eso pasara no en el terreno de las míseras realidades, sino en el de la fantasía…

»Pues bien, ese era Crosby…

»Cuando heredó quince o dieciséis millones estaba en las últimas pues estoy casi seguro de que había falsificado la firma de algunos miembros ilustres de su familia para pagar sus deudas…

—¡Y se suicidó! —pronunció secamente Maigret.

Entonces el checo soltó una risa silenciosa, imposible de interpretar. Se levantó para echar el cigarrillo en la carbonera y volvió a su sitio.

—Pero no se suicidó *hasta ayer* —dijo de forma enigmática.

—Dígame…

De pronto, la voz de Maigret se volvió áspera. Y el comisario, que se había puesto de pie, miró a Radek a los ojos, y luego de arriba abajo.

Hubo un silencio casi agobiante. Finalmente Maigret prosiguió:

—¿Por qué demonios ha venido aquí?

—A hablar… O, si lo prefiere, a ofrecerle mi ayuda… Admita que habría tardado usted mucho tiempo en obtener estos datos sobre Crosby que acabo de darle… ¿Quiere que le dé más información, también auténtica…?

»Ya conoce usted a la pequeña Reichberg… Tiene veinte años… Pues bien, hace casi uno que es amante de William, y pasa sus días en compañía de la señora Crosby, con quien se muestra zalamera… Lo cual no impide que, desde hace mucho tiempo, ella y Crosby hayan decidido que este se divorciaría para casarse con ella…

»Claro que, para casarse con la hija del rico industrial Reichberg, William necesitaba dinero, mucho dinero…

»¿Qué más necesita usted…? ¿Datos sobre Bob, el barman de La Coupole…? Usted lo ha conocido vestido con chaquetilla blanca y el paño en la mano… Y, sin embargo, gana de cuatrocientos a quinientos mil francos al año y posee una magnífica villa en Versalles y un coche de lujo… ¡Y todo a base de propinas…!

Radek empezaba a ponerse nervioso. Su tono resultaba extraño, estridente.

—Durante todo ese tiempo, Joseph Heurtin ganaba seiscientos francos al mes, empujando un triciclo por París durante diez o doce horas diarias…

—¿Y usted?

Esas palabras resultaron crueles. Maigret miraba fijamente al checo a los ojos.

—¡Oh! Yo…

Y los dos hombres se callaron. Maigret recorrió el despacho a zancadas y solo se detuvo para volver a llenar la estufa, mientras Radek encendía otro cigarrillo.

La situación era rara. Resultaba difícil adivinar la razón de la visita del checo. No parecía dispuesto a irse. Más bien daba la impresión de estar esperando algo.

Y Maigret se guardaba mucho de satisfacer su curiosidad preguntándole. Por otra parte, ¿qué le habría preguntado?

Fue Radek quien habló el primero, quien murmuró más bien:

—¡Un bonito crimen…! Me refiero al director de cine Desmond Taylor… Estaba solo en la habitación de su hotel… Luego recibe la visita de una joven estrella de cine… Después, nadie más lo vio con vida… ¿Entiende…? Pero sí vieron a la estrella en cuestión salir sola de la habitación… Pues bien, no fue ella quien lo mató…

Estaba sentado en la silla que Maigret reservaba habitualmente a las visitas, la cual se hallaba colocada bajo una intensa luz. Era una luz cruda, semejante a la de un hospital.

Jamás el rostro del checo había sido tan interesante. La frente alta, abombada, con numerosas arrugas que, sin embargo, apenas lo envejecían.

La melena pelirroja le daba un aire de la bohemia internacional, subrayada por la camisa de cuello bajo, de una sola pieza, sin corbata y oscura.

Radek no era delgado, y, sin embargo, tenía un aspecto enfermizo, tal vez porque sus carnes no parecían firmes. También en la hinchazón de sus labios había algo de malsano.

Se alteraba de una forma muy particular que habría despertado el interés de un psicólogo; ni un solo rasgo de su cara se movía, pero sus pupilas parecían recibir, de pronto, un voltaje más fuerte, que daba a su mirada una intensidad molesta, desconcertante.

—¿Qué van a hacer con Heurtin? —preguntó tras cinco minutos de silencio.

—¡Decapitarlo! —masculló Maigret, con las dos manos enfundadas en los bolsillos del pantalón.

Y el voltaje llegó a su máxima potencia. Radek emitió una risita estridente.

—¡Naturalmente...! Un hombre que gana seiscientos francos al mes... A propósito... Hagamos una apuesta... Yo digo que en el entierro de Crosby las dos mujeres irán de luto riguroso y llorarán una en brazos de otra... Me refiero a la señora Crosby y a Edna... Dígame, comisario, ¿está usted seguro, al menos, de que se ha suicidado?

Y se echó a reír. Fue algo inesperado. Claro que todo en él era inesperado, incluso aquella visita.

—¡Es tan fácil cometer un crimen y hacer que parezca un suicidio…! Hasta el punto de que, si yo no me hubiese encontrado a la misma hora con su simpático inspector Janvier, me habría acusado del crimen únicamente para comprobar qué ocurriría… ¿Está usted casado?

—¿Y qué más?

—Nada… ¡Tiene usted suerte…! ¡Una mujer! Una situación mediocre… La satisfacción del deber cumplido… Los domingos irá usted de pesca… A no ser que le guste jugar al billar… ¡Es admirable…! Pero, para eso, es necesario acostumbrarse desde pequeño, haber tenido un padre con principios y al que también le gustara jugar al billar…

—¿Dónde conoció a Joseph Heurtin?

Maigret formuló la pregunta creyendo ser sutil. No había terminado la frase cuando ya se había arrepentido.

—¿Dónde lo conocí…? En los periódicos… ¡Como todo el mundo…! A menos que…

»¡Dios mío…! ¡Qué complicada es la vida…! ¡Cuando pienso qué está escuchándome a disgusto, observándome sin poder formarse una opinión y que su situación, su pesca o su billar están en juego…! ¡A su edad…! Veinte años de servicios leales… Solo que, por primera vez en su vida, ha tenido la desgracia de que se le ocurra una idea y aferrarse a ella… ¡Lo que podría llamarse una veleidad del genio…! Como si el genio no se adquiriese en la cuna… No se empieza a los cuarenta y cinco años… que debe de ser su edad, ¿no…?

»Debería haber dejado que ejecutasen a Heurtin… Así habría conseguido un ascenso… Por cierto, ¿cuánto gana un comisario de la policía judicial…?. ¿Dos mil…? ¿Tres mil…? ¿La mitad de lo que un Crosby gastaba en copas…? ¡Y cuando digo la mitad…! Y ¿cómo explicarán ustedes el suicidio de ese muchacho…? ¿Una historia de amor…? Las malas lenguas relacionarán la muerte de Crosby con el hecho de que usted haya dejado escapar a Heurtin… Y los Crosby, los Henderson, los primos, sobrinos y nietos que disfrutan de una posición elevada en Norteamérica le enviarán cablegramas para pedirle discreción…

»Yo, en su lugar… —Se puso en pie también, y apagó el cigarrillo aplastándolo contra la suela del zapato—. En su lugar, comisario, buscaría distraer la atención… Por ejemplo, detendría a un tipo, cuyo encarcelamiento no diera lugar a gestiones diplomáticas… Un individuo como Radek, cuya madre era lavandera en un pueblecito de Checoslovaquia… ¿Acaso los parisienses saben dónde está exactamente Checoslovaquia…?

No podía evitar que le temblara la voz. Pocas veces se había notado hasta tal punto su acento extranjero.

—Esto terminará, al menos, como el caso Taylor… ¡Si yo tuviese tiempo…! En cuanto al caso Taylor, por ejemplo, no había huellas dactilares ni nada que se le pareciese… Mientras que aquí… ¡Heurtin, que ha dejado huellas por todas partes y a quien han visto en Saint-Cloud…! ¡Crosby, que necesitaba dinero a toda costa y que se mata justo cuando se reanuda la investigación…! Finalmente yo… Pero ¿qué he hecho yo…? Jamás he hablado con Crosby… Él ni siquiera conocía mi nombre… Ni nunca me había visto… Y pregúntele a Heurtin si ha oído hablar de Radek… Pregunte en Saint-Cloud si alguna vez han visto a un tipo como yo… Lo que no impide que ahora esté en los locales de la policía judicial… Un inspector me espera abajo para seguirme a todas partes… A propósito, ¿continúa siendo Janvier…? Me gustaría que fuese él… Es joven… Es amable… No aguanta en absoluto el alcohol… Tres cócteles y flota en una especie de nirvana…

»Dígame, comisario, ¿a quién hay que dirigirse para hacer un donativo de unos miles de francos para el hogar del jubilado de la policía…?

Con gesto indiferente sacó un fajo de billetes del bolsillo, pero volvió a guardarlo; sacó uno más de otro bolsillo que guardó esta vez en el bolsillo del chaleco.

De esta forma enseñó un mínimo de cien mil francos.

—¿Es cuanto tiene que decirme?

Era Radek quien se dirigía a Maigret con un desprecio que no trataba de ocultar.

—Es todo.

—¿Quiere que yo le diga algo, comisario?

Silencio.

—¡Pues bien…! ¡Nunca entenderá usted nada de este asunto…!

Buscó su sombrero de fieltro negro, ganó tranquilamente la puerta, presa de un evidente mal humor, mientras el comisario decía entre dientes:

—¡Canta, pajarito…! ¡Canta…!

10

El armario de las sorpresas

—¿Cuánto ganas vendiendo periódicos?

En una terraza de Montparnasse, Radek, ligeramente recostado en una silla y con una sonrisa más terrible que nunca, fumaba un habano.

Una pobre vieja pasaba entre las mesas ofreciendo los periódicos de la tarde a los parroquianos, mientras murmuraba una plegaria incomprensible. Toda ella resultaba ridícula y digna de lástima.

—¿Cuánto…?

No comprendía, y su mirada apagada traslucía que apenas tenía un destello de inteligencia.

—Siéntate aquí… tomarás una copa conmigo… Camarero, ¡una copa de chartreuse para la señora…!

Los ojos de Radek buscaron a Maigret, que sabía que se encontraba sentado a pocos metros de él.

—Para empezar, te compraré todos los periódicos… Pero debes contarlos…

La vieja, desconcertada, no sabía si obedecer o marcharse. Pero el checo le enseñó un billete de cien francos y la mujer se puso a contar febrilmente los periódicos.

—¡Bebe...! ¿Dices que hay cuarenta...? A cinco francos el periódico... Espera... ¿Quieres ganarte cien francos...?

Maigret, que lo veía y oía todo, permanecía imperturbable; ni siquiera parecía darse cuenta de lo que pasaba.

—Doscientos francos... Trescientos... Toma, aquí los tienes... ¿Quieres quinientos...? Para ganarlos solo tienes que cantar algo... ¡Las manos quietas...! Primero canta.

—¿Qué tengo que cantar?

La idiota estaba conmocionada. Una gota de licor se deslizaba, pegajosa, por su barbilla sombreada de vello gris. Los clientes de las mesas vecinas se daban codazos.

—Canta lo que quieras... Algo alegre... Y, si bailas, ganarás cien francos más...

Era una situación atroz. La desgraciada no le quitaba ojo a los billetes. Y, mientras empezaba tararear con voz cascada una melodía irreconocible, alargaba la mano hacia el dinero.

—¡Ya está bien! —exclamaron los clientes de las mesas vecinas.

—¡Canta! —le ordenó Radek.

Mientras, seguía observando discretamente a Maigret. Se oyeron más protestas. Un camarero se acercó a la mujer y quiso echarla de allí. Ella se obstinaba, se aferraba a la esperanza de ganar una suma fabulosa.

—Estoy cantando para este joven... Me ha prometido...

El final fue aún más odioso. Intervino un policía y se llevó a la vieja, que no había recibido un céntimo, mientras un botones corría tras ella para devolverle los periódicos.

Durante tres días, se habían producido diez escenas como esta. Y, desde hacía tres días, el comisario Maigret, el ceño fruncido, la boca torcida, seguía a Radek sin despegarse de él, de la mañana a la noche y de la noche a la mañana.

Al principio, el checo había intentado hablar con él. Le había dicho en varias ocasiones:

—Ya que no va a dejar de seguirme, caminemos juntos. Será más divertido…

Maigret se negó. En La Coupole o en cualquier otro sitio, este se sentaba a una mesa cerca de Radek. En la calle, lo seguía sin ocultarse.

El otro se impacientaba. Era una batalla de nervios.

En el funeral de William Crosby, que ya había celebrado, se habían mezclado dos mundos bien distintos: lo más fastuoso de la colonia norteamericana de París y la masa abigarrada de Montparnasse.

Como Radek había predicho, las dos mujeres vestían de luto riguroso. Y el mismo checo siguió el coche fúnebre hasta el cementerio, imperturbable, sin dirigir la palabra a nadie.

Tres días de una vida tan inverosímil que adquiría tintes de pesadilla.

—¡Nunca entenderá nada de este asunto! —repetía a veces Radek, volviéndose hacia el comisario.

Este fingía no oírle, permaneciendo tan impasible como una pared. Radek apenas si había podido cruzar su mirada una vez o dos con Maigret.

¡Lo seguía, eso era todo! ¡No parecía buscar nada! Era una presencia alucinante, obstinada, permanente. Radek pasaba las mañanas en las cafés sin hacer nada. De pronto, ordenaba al camarero:

—Llame al encargado…

Y cuando este se presentaba:

—Quiero que sepa que el camarero que me ha servido tiene las manos sucias...

Solo pagaba con billetes de cien o de mil francos, guardándose el cambio en cualquier bolsillo.

En el restaurante devolvía los platos que no estaban a su gusto. Un día, tras un almuerzo de ciento cincuenta francos, le dijo al *maître:*

—¡No le dejaré propina! El servicio ha sido lamentable...

Por la noche entraba en los cabarets, en las salas de fiesta, e invitaba a beber a las mujeres, manteniéndolas en vilo hasta el último momento. De pronto, arrojaba un billete de mil francos en mitad de la sala, diciéndoles:

—Para aquella que lo coja...

Se desataba una verdadera lucha. Habían echado a una mujer del establecimiento, mientras Radek, según su costumbre, observaba la reacción de Maigret.

No intentaba escabullirse de la vigilancia del comisario. ¡Al contrario! Si tomaba un taxi, esperaba a que Maigret hubiese parado a su vez otro.

El funeral se había celebrado el 22 de octubre. El día 23, a las once de la noche, Radek terminaba de cenar en un restaurante cerca de los Champs-Élysées.

A las once y media salió del establecimiento seguido de Maigret, eligió un taxi confortable y dio al conductor una dirección en voz baja.

Pronto dos coches circularon, el uno detrás del otro, en dirección a Auteuil. Y habría sido una pérdida de tiempo buscar en el ancho rostro del policía algún signo de emoción, impaciencia o cansancio, a pesar de no haber dormido en cuatro días.

Solo sus ojos permanecían más fijos que de costumbre.

El primer taxi bordeó los muelles, atravesó el Sena por el puente Mirabeau y avanzó renqueante por el camino que conducía a La Citanguette.

A cien metros de la taberna, Radek le pidió al taxista que se detuviese, le dijo algunas palabras y anduvo, con las dos manos en los bolsillos, hasta el muelle de descarga situado frente a la taberna.

Se sentó sobre una bita de amarre, encendió un cigarrillo, se aseguró de que Maigret le había seguido y allí se quedó.

Era ya medianoche y todo seguía igual. En la taberna, tres árabes jugaban a los dados y un hombre daba cabezadas en un rincón, probablemente borracho. El dueño fregaba los vasos. En el primer piso, no se veía ninguna luz.

A las doce y cinco, un taxi avanzó a lo largo del camino, se detuvo delante de la puerta del local y, después de una ligera vacilación, una silueta femenina entró apresuradamente en la taberna.

Los ojos sarcásticos de Radek buscaban con mayor afán aún a Maigret. La mujer se hallaba iluminada por la bombilla sin pantalla. Llevaba un abrigo negro y un cuello de piel oscura. Era imposible no reconocer en ella a Ellen Crosby.

Hablaba en voz baja con el dueño, inclinándose sobre la barra de cinc. Los árabes habían dejado de jugar para observarla.

Desde fuera no se oían las voces, pero se adivinaba el desconcierto del dueño y lo incómoda que se sentía la norteamericana.

Unos instantes después, el hombre se dirigió hacia la escalera que había detrás de la barra. Ella lo siguió. Luego, se encendió una ventana en el primer piso, la ventana de la habitación que Joseph Heurtin había ocupado tras evadirse de la Santé.

El dueño bajó solo. Los árabes lo interpelaron y él le respondió encogiéndose de hombros, gesto que podría traducirse por: «¡Yo tampoco entiendo nada…! ¡Bah…! No nos incumbe…».

En el primer piso no había contraventanas. Las cortinas eran finas. Se podía ver con claridad las idas y venidas de la norteamericana por la habitación.

—¿Un cigarrillo, comisario?

Maigret no respondió. La joven, arriba, se había acercado a la cama, de la que retiró la colcha y las sábanas.

Vieron que cogía algo informe y pesado. Luego se dedicó a una extraña tarea, se puso nerviosa, se acercó de pronto a la ventana, como presa de inquietud.

—Se diría que no le gusta el colchón, ¿verdad? O mucho me equivoco, o está a punto de descoserlo… Extraña ocupación para alguien que siempre ha tenido doncella…

Los dos hombres se hallaban a menos de cinco metros el uno del otro. Pasó un cuarto de hora.

—¡Esto se complica cada vez más…!

La voz del checo delataba su impaciencia. Y Maigret se guardaba mucho de responder y de moverse.

Era un poco más de las doce y media cuando Ellen

Crosby apareció de nuevo en el café, echó un billete sobre la barra, salió subiéndose el cuello de piel y se precipitó hacia el taxi que la esperaba.

—¿La seguimos, comisario?

Los tres taxis se pusieron en marcha uno tras otro. Pero la señora Crosby no se dirigió a París. Una media hora más tarde se hallaban en Saint-Cloud y abandonaba el taxi en las proximidades de la villa.

Se la veía muy menuda mientras caminaba rápidamente por la acera y, desde el otro lado de la calle, daba la impresión de que dudaba.

De repente, atravesó la calzada, buscó una llave en su bolso y poco después se encontraba en el interior, mientras la verja se cerraba con un ruido seco.

No encendió las lámparas. El único indicio de vida fue un fulgor levísimo, intermitente, en las habitaciones del primer piso, como si alguien de vez en cuando prendiera una cerilla.

La noche era fresca. Las farolas de la carretera estaban recubiertas de un halo de humedad.

Los taxis de Maigret y de Radek se hallaban parados a doscientos metros de la mansión, mientras que el de la señora Crosby se encontraba aparcado, solitario, cerca de la verja.

El comisario se había bajado del taxi y paseaba arriba abajo, con las manos metidas en los bolsillos y fumando nerviosamente su pipa.

—¿Y bien…?… ¿No va a ir a ver qué ocurre…?

Maigret no respondió, y siguió con su monótono paseo.

—¡Tal vez se equivoque, comisario! Suponga que, hoy, o mañana, encuentran en la casa otro cadáver…

Maigret no pestañeó y Radek tiró al suelo el cigarrillo, medio consumido, después de haber desgarrado el papel con las uñas.

—Le he repetido cien veces que no entiende usted nada de este asunto… Y de nuevo le repito…

El comisario le volvió la espalda. Transcurrió casi una hora. Todo estaba en silencio. Tampoco se veía ya tras las ventanas de la mansión la llama temblorosa de la cerilla.

El taxista de la señora Crosby, preocupado, se bajó del coche y se dirigió hacia la verja.

—Suponga, comisario, que hubiese otra persona en la casa…

Entonces Maigret miró a Radek a los ojos de tal forma que este optó por el silencio.

Cuando unos instantes más tarde Ellen Crosby salió corriendo de la mansión y entró en el taxi, llevaba algo en la mano: un objeto de unos treinta centímetros de largo, envuelto en un papel o tela blancos.

—¿No siente usted curiosidad por saber qué…?

—Dígame, Radek…

—¿Qué…?

El taxi de la norteamericana se alejó hacia París. Maigret no hizo ademán de seguirlo.

El checo se mostraba nervioso. Un ligero temblor agitaba sus labios.

—¿Quiere que entremos ahora…?

—Pero…

Dudó, como hombre que ha elaborado un programa y de pronto se encuentra ante un incidente imprevisto.

Maigret le puso pesadamente la mano sobre el hombro.

—Entre los dos, lo entenderemos todo, ¿verdad?

Radek soltó una risa forzada.

—¿Duda en entrar…? —prosiguió el comisario—. ¿Teme, como dijo hace un momento, encontrarse con otro cadáver…? ¡Venga! ¿De quién podría ser…? La señora Henderson está muerta y enterrada… Su doncella está muerta y enterrada… Crosby está muerto y enterrado… Su mujer acaba de salir de la casa llena de vida… Y Joseph Heurtin está recluido en la enfermería de la Santé… ¿Quién queda pues…? ¿Edna…? Pero ¿qué haría ella aquí?…

—¡Entremos! —exclamó Radek entre dientes.

—Entonces, empecemos por el principio. Para entrar en la casa hace falta una llave…

Pero no fue una llave lo que el comisario sacó del bolsillo, sino una cajita de cartón, atada con un cordel, que tardó en abrir y de la que extrajo, finalmente, la llave de la verja.

—Aquí está… Solo nos queda entrar como si fuese nuestra casa, ya que no hay nadie… Porque no hay nadie en la casa, ¿verdad…?

¿Cómo se había producido ese cambio? ¿Y por qué…? Radek ya no miraba al comisario con ironía, sino con una inquietud que era incapaz de disimular.

—¿Quiere guardarse esta cajita en el bolsillo? Tal vez nos sirva más adelante…

Maigret giró el interruptor de la luz, golpeó la pipa en el tacón para vaciarla y llenó una nueva.

—Subamos… Dese cuenta de que el asesino de la señora Henderson lo tuvo tan fácil como nosotros ahora… ¡Dos mujeres dormidas…! ¡Sin perro…! ¡Sin portero…! Y, además, alfombras por todas partes… ¡Vamos…!

El comisario no se molestó en observar al checo.

—Tenía usted razón hace un instante, Radek… Me llevaría una fea sorpresa si encontrásemos otro cadáver… Seguro que habrá oído hablar del juez Coméliau… Está molesto conmigo por no haber impedido el suicidio de Crosby, que se produjo estando yo allí… También por ser incapaz de explicar lo ocurrido…

»¡Imagínese si ahora se produjera otro crimen…! ¿Qué podría alegar…? ¿Qué podría hacer…? He dejado que se marchase la señora Crosby… En cuanto a usted, no puedo acusarlo de nada, pues no me he separado de usted un solo instante… De hecho, sería difícil decir, después de tres días, quién de nosotros dos sigue los pasos del otro… ¿Es usted quien me sigue…? ¿O soy yo quien le sigue…?

Hablaba como si se dirigiera a sí mismo. Habían llegado al primer piso y Maigret, tras atravesar el tocador, entró en el dormitorio donde había sido asesinada la señora Henderson.

—Entre, Radek… ¿Supongo que no se sentirá impresionado por tratarse del lugar donde dos mujeres fueron asesinadas…? Un detalle que tal vez ignore usted es que nunca encontramos el cuchillo… La policía supuso que Heurtin, al huir, lo arrojó al Sena…

Maigret se sentó al borde de la cama, en el mismo lugar en que se había encontrado el cadáver de la norteamericana.

—¿Quiere saber lo que pienso…? Pues bien, el asesino ocultó aquí el cuchillo… Pero lo escondió tan bien que ha sido imposible encontrarlo…¡Vaya! ¡Vaya…! ¿Se ha fijado en la forma del paquete que la señora Crosby se ha llevado de aquí…? Treinta centímetros de largo… Unos centímetros de ancho… En definitiva, las dimensiones de un gran puñal… Tenía usted razón, Radek. Este es una historia terriblemente complicada… Pero… ¡Vaya…!

Se inclinó sobre el suelo encerado donde se distinguían con claridad unas pisadas. Se reconocía un tacón minúsculo, el tacón de un zapato de mujer.

—¿Tiene usted buena vista, Radek…? Entonces, ayúdeme a seguir estas huellas… ¿Quién sabe…? Tal vez, gracias a ellas, descubramos qué ha venido a hacer esta noche aquí la señora…

Radek dudó y miró a Maigret atentamente, como si se preguntara qué papel debía representar. Pero el rostro del comisario resultaba impenetrable.

—Las huellas nos conducen al dormitorio de la doncella, ¿no es cierto…? ¿Y después…? Agáchese, amigo… Usted no pesa cien kilos como yo… ¿Cómo…? Los pasos se detienen ante ese armario… ¿Es un ropero…? ¿Está cerrado con llave…? ¡No! Espere antes de abrirlo… Hace un instante, habló usted de un cadáver… ¿Cómo dice? ¿Y si hubiera uno tras esa puerta…?

Radek encendió un cigarrillo. Le temblaban los dedos.

—¡Adelante! De todos modos, deberíamos abrirlo… ¡Ánimo, amigo…!

Y, mientras hablaba, Maigret se arreglaba la corbata ante el espejo, sin por ello perder de vista a Radek…

—¿Y bien…?

Radek abrió el armario.

—¿Un cadáver…? ¿Qué?

El checo había retrocedido tres pasos. Y miraba aturdido a una joven rubia que salía de su escondrijo, un poco torpemente, pero en absoluto asustada.

Era Edna Reichberg. Miraba a Maigret y al checo alternativamente, como si esperase una explicación. No se la veía turbada; simplemente mostraba cierto malestar, como si interpretase un papel al que no estaba acostumbrada.

Maigret, ignorándola, se volvió hacia Radek, que se esforzaba por recobrar su sangre fría.

—¿Qué opina de esto? Esperábamos un cadáver o, mejor dicho, usted me había metido la idea en la cabeza de que encontraríamos un cadáver, y lo que hemos encontrado es a una joven encantadora, llena de vida…

También Edna se había vuelto hacia el checo.

—Y bien, Radek… —dijo Maigret con buen humor.

Silencio.

—¿Sigue creyendo que nunca entenderé nada de este asunto…? ¿Qué dice…?

La joven sueca, que no apartaba los ojos de Radek, abrió la boca para lanzar un grito de terror que murió en su garganta.

El comisario se había vuelto de nuevo hacia el espejo y estaba alisándose el pelo con la palma de la mano. Pero el checo se había sacado un revólver del bolsillo, había apuntado al policía y apretado el gatillo justo en el momento en que la joven trataba en vano de gritar.

Fue algo maravilloso y a la vez ridículo. Se oyó un ruidito metálico, como el producido por una pistola de juguete. No salió ninguna bala. Radek apretó por segunda vez el gatillo.

El resto fue tan rápido que Edna no se dio cuenta de nada. Maigret parecía estar clavado en su sitio. Y, sin embargo, en un segundo, cayó con todo su peso sobre el checo, que rodó por el suelo. «¡Cien kilos!», le había dicho anteriormente. Y, en efecto, aplastó a su adversario, quien, después de dos o tres intentos, se quedó inmóvil, con las manos aprisionadas por las esposas.

—Discúlpeme, señorita… —murmuró el comisario poniéndose en pie—. Hemos terminado… Hay un taxi esperándola en la puerta… Radek y yo aún tenemos que hablar de un montón de cosas…

El checo se había levantado rabioso, con expresión arisca. La pesada zarpa del comisario se abatió sobre su hombro, mientras Maigret le decía:

—¿No es verdad, hombrecillo…?

11

Póquer de ases

Desde las tres de la madrugada hasta que salió el sol, la luz del despacho de Maigret, en el Quai des Orfèvres, permaneció encendida, y los pocos policías que trabajaban a esas horas estuvieron oyendo un murmullo monótono de voces.

A las ocho de la mañana, el comisario le pidió al ordenanza que subiera dos desayunos. Luego llamó al domicilio del juez Coméliau.

Eran las nueve cuando se abrió la puerta del despacho. Maigret dejó que Radek saliera primero, sin esposas.

Los dos hombres parecían cansados. Pero no se veía ninguna animosidad entre el asesino y el policía.

—¿Por aquí? —preguntó el checo, cuando llegó al final del pasillo.

—Sí. Cruzaremos el Palacio de Justicia. Será más corto…

Y lo condujo hasta las celdas de prisión preventiva, por el pasaje reservado a la prefectura de policía. Las formalidades se tramitaron enseguida. Cuando un guardia se llevaba a Radek hacia su celda, Maigret miró a este como si quisiera decirle algo, tal vez «hasta la vista». Luego, se encogió de hombros y se dirigió sin prisas al despacho del señor Coméliau.

No era necesario que el juez se pusiese a la defensiva, adoptando, en cuanto llamaron a la puerta, una actitud afectada.

Pues Maigret no pretendía pavonearse ante él, ni mostrarse triunfante ni irónico. Simplemente tenía los rasgos cansados propios de un hombre que acaba de cumplir una tarea larga y penosa.

—¿Me permite usted que fume…? Gracias… Hace frío aquí…

Y lanzó una mirada furiosa a la calefacción central, que él había pedido que retirasen de su despacho para sustituirla por una vieja estufa de hierro fundido.

—¡Se acabó…! Como le dije por teléfono, ha confesado… Y no creo que, de ahora en adelante, él le cause ningún problema, porque es buen jugador y admite que ha perdido la partida…

El comisario había escrito varias notas que debían servirle para redactar su informe; pero estaban revueltas, así que volvió a metérselas en el bolsillo mientras soltaba un suspiro.

—La característica principal de este caso… —empezó.

La frase era demasiado pomposa para él. Se levantó de la silla y empezó a pasearse por el despacho, con las manos a la espalda. Finalmente continuó:

—¡Un caso falseado desde el principio! ¡Eso es todo! ¡La frase no es mía! ¡Es del propio asesino! Y ni este comprendía, al pronunciarla, todo el alcance de sus palabras…

»Cuando Joseph Heurtin fue detenido, lo que más me sorprendió fue que era imposible clasificar su crimen en una categoría determinada. No conocía a las víctimas. No robó nada. Y el individuo no es un sádico ni un desequilibrado…

»Quise reiniciar la investigación, y descubrí que todos los indicios eran cada vez más falsos…

»Falseados, insisto en ello, no por azar, sino a sabiendas, incluso científicamente. Falseados para despistar a la policía, para lanzar a la justicia a una aventura espantosa…

»¿Y qué decir del verdadero asesino? Más falso él mismo que toda su puesta en escena…

»Usted conoce tan bien como yo la psicología de los distintos tipos de asesinos…

»Pues bien, ni usted ni yo conocemos la de un tipo como Radek…

»Hace ocho días que vivo con él, que lo observo, tratando de ahondar en sus pensamientos. ¡Ocho días en los que me asombra cada vez más y me desconcierta…!

»Es una mentalidad que escapa a todas nuestras clasificaciones. Y, por eso, jamás habría tenido que preocuparse, a no ser por el turbio deseo que sentía de que lo detuvieran…

»¡Porque es él quien me ha facilitado los indicios que yo necesitaba! Y lo ha hecho a pesar de sentir confusamente que se estaba exponiendo… Pero, aun así, lo ha hecho…

»¿Me creería usted si le dijera que, en estos momentos, se siente sobre todo aliviado…?

Maigret no alzaba la voz; pero había en él una vehemencia contenida que daba una fuerza especial a sus palabras. En los pasillos del juzgado se oía el ir y venir de la gente y, a veces, un alguacil gritaba un nombre o bien los gendarmes hacían resonar sus botas.

—¡Un hombre que ha matado no con un fin determinado, sino solo por el hecho de matar...! Iba a decir «por divertirse»... No proteste... Ahora lo entenderá usted. Dudo de que Radek hable mucho, incluso que responda a sus preguntas, porque me ha dicho que tan solo desea una cosa: paz...

»Los informes que le facilitarán sobre él le bastarán a usted para comprender...

»Su madre era criada en un pueblecito de Checoslovaquia... Él fue educado en una casa de los suburbios semejante a un cuartel... Y, si siguió con sus estudios, fue gracias a las becas y a la caridad...

»Estoy seguro de que, desde muy niño, ha sufrido por ello, y así empezó a odiar este mundo, que veía desde abajo...

»Y, también de niño, se convenció de que era un genio... ¡Llegar a ser alguien ilustre y rico gracias a su inteligencia...! ¡Un sueño que lo condujo a París y que hizo que aceptase que su madre, con sesenta y cinco años, devastada por una enfermedad de la médula, siguiese trabajando como criada para poder enviarle dinero...!

»¡Un orgullo insensato, devorador...! Un orgullo que se mezclaba con la impaciencia, porque Radek, estudiante de Medicina, sabía que sufría del mismo mal que su madre y no ignoraba que le quedaban unos pocos años de vida...

»Al principio trabajó incansablemente y sus profesores se asombraban de sus capacidades...

»No se relaciona con nadie, no habla con nadie... Es pobre, pero está acostumbrado a la pobreza...

»Frecuentemente asiste a clase sin calcetines. En varias ocasiones descarga verduras en el mercado de Les Halles para ganarse unos cuartos.

»Pero eso no impide que se produzca la catástrofe. Su madre muere. Ya no recibe un céntimo…

»Y, de pronto, sin transición alguna, abandona todos sus sueños. Podría trabajar como hacen muchos estudiantes…

»¡Ni lo intenta! ¿Acaso sospecha que no llegará a ser jamás el genio que esperaba? ¿Duda de él?…

»¡Ya no hace nada! ¡No hace *absolutamente nada*! Se pasa los días en los cafés, escribe cartas a parientes lejanos para que lo ayuden, recibe dinero de obras filantrópicas, sablea cínicamente a compatriotas, exagerando incluso la falta de agradecimiento…

»¡El mundo jamás lo ha entendido! ¡Odia al mundo…!

»Y pasa todo su tiempo alimentando ese odio. En Montparnasse se sienta junto a personas felices, ricas, con buena salud. Bebe café con leche, mientras los cócteles desfilan por las mesas vecinas…

»¿Tiene ya en mente cometer un crimen? ¡Tal vez! Hace veinte años se hubiera convertido en un anarquista militante y lo habrían encontrado arrojando una bomba en alguna ciudad. Pero eso ya no está de moda…

»¡Está solo! ¡Quiere seguir solo! Obtiene cierta voluptuosidad perversa de su soledad, del sentimiento de su superioridad y de lo injusta que es la suerte con él…

»Su inteligencia es asombrosa; pero sobre todo posee un sentido agudo de las debilidades de los hombres…

»Ha sido uno de sus profesores quien me ha hablado de una manía que ya tenía en la facultad de Medicina y que lo convertía en alguien terrible. Le bastaba observar a una persona durante unos minutos para *sentir* literalmente sus taras…

»Y con una alegría malsana anunciaba a un joven que no se lo esperaba: "¡Antes de tres años estarás ingresado en un sanatorio!". O bien: "Tu padre ha muerto de cáncer, ¿verdad...? Pues cuídate...".

»Mostraba una sorprendente seguridad en los diagnósticos, tanto para los males físicos como para las taras morales...

»Su única distracción era ese rincón de La Coupole. Enfermo como estaba, espiaba en los demás el más ligero síntoma de enfermedad...

»Crosby se hallaba dentro de su campo de observación, pues frecuentaba el mismo bar. Radek me lo describió de forma sorprendente, una descripción que se ajustaba a la realidad...

»Allí donde yo solo veía, lo confieso, lo que llamamos un hombre mimado por la vida y caprichoso, sin más, es decir, un sibarita de medio pelo, él descubrió la fisura...

»Me habló de un Crosby bien parecido, amado por las mujeres, que disfrutaba de la existencia; pero también de un Crosby dispuesto a cometer cualquier vileza con tal de satisfacer sus deseos...

»Un Crosby que, durante un año, dejó que su mujer se hiciese amiga íntima de su amante, Edna Reichberg, sabiendo que, apenas pudiera, se divorciaría de la primera para casarse con la segunda...

»Un Crosby, en fin, que, una noche en que las dos mujeres acababan de irse al teatro, dejó que la angustia se reflejase en su rostro...

»Fue en La Coupole, en una mesa del fondo. El norteamericano se hallaba acompañado de dos amigos, de los muchos que tenía. Y dijo, suspirando: "¡Cuando pienso que anoche un imbécil asesinó a una vieja mercera por veintidós francos...! ¡Y yo, que daría cien mil por que me libraran de mi tía...!".

»¿Fanfarronada? ¿Exageración? ¿Fantasía...?

»Radek estaba allí en ese momento, y detestaba a Crosby más que a nadie, porque era el más brillante de aquellos que lo rodeaban...

»El checo conocía a Crosby mejor que el propio Crosby; en cambio, este no se había fijado nunca en Radek...

»Radek se levantó de su asiento, fue al lavabo y garrapateó en un trozo de papel: "De acuerdo con los cien mil francos. Envíe la llave a las iniciales M. B., bulevar Raspail, oficina de mensajería...".

»Volvió a sentarse a su mesa. Un camarero entregó la nota a Crosby, que se rio burlonamente, y siguió conversando con sus amigos, no sin observar a las personas que se hallaban a su alrededor...

»Un cuarto de hora más tarde, el sobrino de la señora Henderson pedía los dados de póquer... "¿Vas a jugar solo?", preguntó riendo uno de sus compañeros. "Se me ha ocurrido algo... Quiero ver si en la primera tirada saco dos ases...". "¿Y entonces...?". "Será que *sí*...". "¿*Sí*, por qué...?". "Es una idea... No os preocupéis...".

»Agitó un buen rato el cubilete y lanzó los dados con mano temblorosa...

»"¡Póquer de ases...!".

»Se secó el sudor de la frente y salió después de soltar una broma que sonó a falsa. Al día siguiente por la tarde Radek recibía la llave.

Maigret acabó sentándose en una silla a horcajadas, como era habitual en él.

—Esta historia del póquer de ases me la ha contado Radek. Estoy seguro de que es cierta, y de que Janvier, al que he enviado a una misión, me la confirmará de un momento a otro. El resto, lo que voy a contarle, como lo que ya le he contado, lo he ido reconstruyendo poco a poco, fragmento a fragmento, a medida que el checo, al que seguía, me facilitaba sin darse cuenta nuevas bases de razonamientos…

»Imagínese a Radek en posesión de la llave… No desea tanto los cien mil francos como satisfacer ese odio que siente por el mundo…

»Crosby, a quien todos envidian o admiran, está en sus manos… ¡Porque él lo tiene ya bajo su control…! ¡Es poderoso…!

»No se olvide de que Radek no espera nada de la vida… Tan siquiera está seguro de si podrá aguantar hasta que la enfermedad se lo lleve… ¿Tal vez se vea obligado a arrojarse al Sena una noche que no tenga suficiente dinero para pagarse su café con leche…?

»¡No es nadie! ¡Nada lo ata a este mundo…!

»Le he dicho hace un momento que, hace veinte años, se habría convertido en anarquista. En nuestra época, inmerso en esa multitud neurótica y algo desequilibrada de Montparnasse, le resulta más divertido cometer un *crimen perfecto*…

»¡Un crimen perfecto! ¡El, que no es más que un indigente, un enfermo! ¡Los periódicos se llenarán de uno solo de sus actos! ¡La máquina judicial se pondrá en movimiento a una señal suya! ¡Habrá una mujer muerta! Un Crosby temblará…

»Y él será el único que lo sepa, sentado ante su café con leche habitual; el único que se deleitará con su poder…

»La condición esencial es que no lo atrapen, y para ello lo más seguro es echar mano de un falso culpable que entregar a la justicia…

»Una noche encuentra a Joseph Heurtin en la terraza de un café. Lo estudia, como estudia a todo el mundo. Habla con él…

»Heurtin, como Radek, es un paria. Podría haber disfrutado de una vida tranquila en la posada de sus padres. En París, con un sueldo de seiscientos francos al mes, pasa penurias y se refugia en la fantasía, devora novelas baratas, va al cine, se imagina fantásticas aventuras…

»¡No tiene fuerza alguna! ¡Nada que lo defienda del poder del checo…! "¿Quieres ganar en una noche, sin correr ningún riesgo, lo suficiente para vivir el resto de tu vida como desees…?".

»¡El otro se estremece de placer ante esa idea! ¡Radek ya lo tiene en sus manos! ¡Radek disfruta de su poder, habla, consigue que Heurtin acepte la idea de un robo…!

»¡No es más que un robo en una mansión desocupada…!

»Elabora un plan; sabe de antemano cómo actuará su cómplice, en los mínimos detalles. Es él quien le aconseja que se compre zapatos con suela de goma, para no hacer ruido. ¡En realidad es para asegurarse de que Heurtin deje pisadas claras…!

»¡Ese periodo debió de ser el más embriagador para Radek! Debió de sentirse todopoderoso, él, que no tenía con qué pagarse un aperitivo…

»Y se codeaba todos los días con Crosby, que no lo conocía y que, en la espera, empezaba a asustarse…

»Lo hizo que yo descubriera la verdad sobre lo ocurrido en la mansión Saint-Cloud fue, ¡ya ve!, una frase del informe médico. Nunca se leen con suficiente atención los informes de los especialistas. Hace cuatro días un detalle me llamó la atención.

»El forense había escrito: "Varios minutos después de la muerte, el cadáver de la señora Henderson, que debía de encontrarse al borde de la cama, rodó al suelo…".

»Admitirá usted que el asesino no tenía ninguna razón, varios minutos después del crimen, para tocar el cadáver, que no llevaba encima joyas, salvo un camisón…

»Pero sigo con la secuencia de los hechos… Esta noche, Radek me los ha confirmado.

»Este convence a Heurtin para que entre en la mansión a las dos y media *en punto,* que suba al primer piso, que entre en el dormitorio, y todo ello sin encender la luz. Le ha jurado que no había nadie en la casa, y le ha dicho que los objetos de valor están ocultos en la cama…

»A las dos y veinte, Radek, completamente solo, mata a las dos mujeres, oculta el cuchillo en el armario y sale. Espera la llegada de Heurtin, y comprueba que este sigue las instrucciones que le ha dado…

»De pronto, Heurtin, que tantea en la oscuridad, tropieza con un cuerpo, se asusta, enciende la luz, ve los cadáveres, se asegura de que están muertas, deja huellas de sus dedos ensangrentados por todas partes…

»Cuando finalmente huye espantado, fuera se encuentra con un Radek que ha cambiado de actitud, que se burla de él, que se muestra cruel…

»La escena entre los dos hombres debió de ser sorprendente. Pero ¿cómo podía enfrentarse un hombre simple como Heurtin a alguien como Radek?

»¡Ni siquiera conoce su nombre! ¡Ni sabe dónde vive…!

»El checo le enseña sus guantes de goma y los escarpines, gracias a los cuales no ha dejado huellas en la casa. "¡Te condenarán! ¡No te creerán! *¡Nadie te creerá!* ¡Y te ejecutarán…!".

»Un taxi los espera al otro lado del Sena, en Boulogne. Y Radek continúa hablando: "Si no confiesas, te salvaré. ¡Yo! ¿Comprendes? Haré que salgas de la cárcel, quizá dentro de un mes, tal vez tres… *Pero ¡saldrás…!*".

»Dos días después, Heurtin, detenido, se limita a repetir que él no ha matado a nadie. Está aturdido. A su madre, únicamente a ella, le habla de Radek.

»*¡Y su madre no lo cree!* ¿No es esa la mejor prueba de que el otro tenía razón, que es mejor callarse y esperar la ayuda prometida?

»Pasan los meses. Heurtin, en su calabozo, vive obsesionado con los dos cadáveres, cuya sangre pegajosa sintió en sus manos. Solo flaquea la noche en que oye los pasos de los que acuden a buscar a su vecino de celda para ejecutarlo.

»Entonces ya no siente deseos de rebelarse. Su padre no ha contestado a sus cartas, ha prohibido a su madre y a su hermana que vayan a verlo. Está solo, viviendo una pesadilla…

»De pronto, recibe una nota que le anuncia su evasión. Obedece las instrucciones, pero con desconfianza, de un modo mecánico, y, una vez en París, deambula sin rumbo, y acaba por derrumbarse en una cama y por dormir, al fin, en un lugar que no es la cárcel de máxima seguridad, donde duermen aquellos que esperan la guillotina.

»Al día siguiente, el inspector Dufour se encuentra con él. Heurtin huele la policía, el peligro, e instintivamente golpea, huye y deambula de nuevo…

»La libertad no le produce ninguna satisfacción. No sabe qué hacer. No tiene dinero. Nadie le espera.

»¡Y todo por culpa de Radek! Lo busca en los cafés donde solían reunirse.

»¿Para matarlo? ¡No tiene arma! Pero sí está lo suficiente sobreexcitado para estrangularlo… Tal vez también para pedirle dinero o simplemente porque es al único con quien puede hablar…

»Lo encuentra en La Coupole, pero no le dejan entrar. Espera. Da vueltas, como el tonto del pueblo; a veces apoya su cara pálida contra el cristal del local…

»Cuando Radek por fin sale, lo hace acompañado de dos agentes, y Heurtin regresa, sin pensarlo, a su madriguera, a su casa de Nandy, donde se le ha prohibido volver… En el cobertizo cae rendido sobre la paja…

»Y, cuando su padre le da de plazo hasta la noche para irse, prefiere ahorcarse…

Maigret, encogiéndose de hombros, refunfuñó:

—¡Heurtin jamás volverá a recuperarse de algo así! Vivirá, pero algo se ha roto en su interior… De todas las víctimas de Radek, Heurtin es el más afectado…

»Hay otras… Y habría habido más aún si…

»Hablaré de ellas después. Cometido el crimen y detenido Heurtin, el checo sigue con su vida errante de café en café… No le exige los cien mil francos a Crosby, primero, porque no sería prudente; segundo, porque su miseria se ha vuelto necesaria para él, ya que estimula su odio a los hombres…

»En La Coupole ve al norteamericano, cuyo buen humor ya no parece tan sincero… Crosby está a la espera… Jamás ha visto al hombre de la nota… Está convencido de que Heurtin es el culpable… ¡Teme ser denunciado!

»Pero ¡no! El acusado acepta la condena. Se habla de su próxima ejecución, y el heredero de la señora Henderson podrá, al fin, respirar tranquilo…

»¿Qué pasa por la mente de Radek? ¡Ha cometido su crimen perfecto! ¡Ha tenido en cuenta hasta el más mínimo detalle! ¡Nadie sospecha de él!

»¡Como deseaba, solo él sabe la verdad! Y, cuando mira a los Crosby sentados en el bar, piensa que, con una sola palabra suya, podría hacerlos temblar…

»Sin embargo, no está satisfecho. ¡Su vida sigue siendo tan monótona! Nada ha cambiado, salvo que dos mujeres han muerto y que un pobre infeliz pronto será decapitado.

»No me atrevería a jurarlo, pero apostaría a que lo que más le fastidia es que no hay nadie que lo admire; nadie que le diga cuando lo ve pasar: "¡Tiene aspecto de hombre vulgar, y, sin embargo, ha cometido uno de los crímenes más perfectos que se conocen! Ha derrotado a la policía, engañado a la justicia, cambiado el curso de varias vidas…".

»A otros asesinos les ha ocurrido lo mismo. La mayoría han sentido la necesidad de confiarse a alguien, aunque fuera a una prostituta…

»Pero Radek es mucho más fuerte que todos ellos. Además, jamás le han interesado las mujeres…

»Una mañana, la prensa anuncia que Heurtin se ha evadido de la cárcel. ¿No es esa la ocasión propicia? Va a sembrar la confusión, a representar un papel activo.

»Escribe al *Sifflet*… Se asusta al ver que su cómplice lo espía, y él mismo se entrega a la policía… Pero ¡quiere que lo admiren!… ¡Quiere ser un excelente jugador…!

»Y entonces me dice: "¡Jamás entenderá usted nada de este asunto…!".

»Desde ese momento entra en una verdadera vorágine. Sabe que acabarán deteniéndolo. ¡Mejor! Y él mismo adelanta ese momento… Comete imprudencias de forma involuntaria, como si una fuerza interior lo empujara a desear el castigo…

»¡No tiene nada que hacer en la vida! ¡Está condenado a muerte! ¡Todo le repugna o le indigna…! Lleva una existencia miserable…

»Y se da cuenta de que no me despagaré de él, que llegaré hasta el final…

»Y entonces, sufre algo parecido a una neurosis… Dice mentiras… Se complace en intrigarme…

»¿Acaso no se ha deshecho de Heurtin, de Crosby…? ¿Por qué no podría deshacerse también de mí…?

»Para confundirme, inventa historias… Me dice, entre otras cosas, que todos los sucesos relacionados con los crímenes se han producido cerca del Sena…

»Tal vez me deje engañar, y me lance tras una pista falsa.

»Él se encargará de acumular pistas falsas… Vive en un continuo estado febril… Está perdido, pero sigue luchando, jugando con la vida…

»¿Por qué no arrastrar a Crosby con él en su caída libre?

»Se otorga el papel de un demiurgo todopoderoso… Llama al norteamericano para reclamarle los cien mil francos…

»Me los enseña… Siente una alegría malsana jugando, haciendo malabares con su libertad…

»Y es él quien obliga a Crosby a ir a la mansión de Saint-Cloud a una hora determinada. Y esto demuestra su enorme conocimiento de la psicología humana. Me ha visto un poco antes, y entonces ha comprendido que yo estaba dispuesto a retomar la investigación desde el principio…

»Por tanto, iré a Saint-Cloud… Y me encontraré a Crosby, que no podrá explicar su presencia allí…

»¿Acaso no ha previsto también el suicidio de este al verse descubierto? ¡Es posible! Es probable…

»Pero aún no es suficiente para él… Se envanece cada vez más en su poder…

»Y, como lo noto frenético, no me despego de él, silencioso y taciturno. Siempre estoy junto a él, de la mañana a la noche y de la noche a la mañana.

»¿Aguantarán sus nervios…? Leves síntomas me demuestran que se halla en una pendiente peligrosa… Necesita satisfacer continuamente su odio contra el mundo… Humilla a los débiles, se burla de una pobre mendiga, empuja a unas mujeres a pelearse entre sí…

»¡Y me observa para ver el efecto que eso me produce! ¡Pura fanfarronada…!

»¡Se encuentra al borde del abismo…! Así, no mantendrá durante mucho tiempo su sangre fría…! Cometerá inevitablemente un error…

»¡Y lo comete! Todos los grandes criminales de la historia acaban cometiendo un error tarde o temprano…

»¡Ha matado a dos mujeres! ¡Ha matado a Crosby! ¡Ha convertido a Heurtin en un deshecho humano…!

»Antes del final, quiere seguir con esa matanza…

»Pero yo he tomado algunas precauciones. Janvier está apostado en el hotel George-V con la misión de apoderarse de todas las cartas dirigidas a la señora Crosby o a Edna Reichberg, de interceptar las llamadas telefónicas…

»En dos ocasiones, y durante unos minutos, pierdo de vista a Radek, a pesar de vigilarlo constantemente. Entonces sé que ha enviado alguna carta…

»Unas horas más tarde Janvier me las trae. ¡Aquí están! En una de ellas, le comunican a la señora Crosby que su marido ordenó el asesinato de la señora Henderson, y, como prueba de ello, le han enviado también la caja con la llave, que aún lleva la dirección escrita por el norteamericano.

»Radek conoce las leyes. En su carta, le informa de que un asesino no puede heredar de su víctima y que, en consecuencia, ella no tiene derecho a esa fortuna.

»Le ordena que vaya a medianoche a La Citanguette, que descosa el colchón de cierta habitación y busque el puñal que se utilizó en el crimen, y luego que lo guarde en un lugar seguro…

»Si el arma no está allí, deberá ir a Saint-Cloud y buscar en un armario…

»Fíjese en este deseo de humillar y, a la vez, de complicar las cosas. La señora Crosby no encontrará nada en La Citanguette. El puñal nunca ha estado allí.

»Pero Radek disfruta intensamente enviando a la rica norteamericana a una tabernucha de vagabundos.

»Pero ¡eso no es todo! Su afán por complicar las cosas llega aún más lejos, y le dice a la señora Crosby que Edna Reichberg era la amante de su marido y que este pensaba casarse con ella. "Ella sabe la verdad", le escribe. "La odia a usted y, si tiene ocasión, hablará para reducirla a la miseria".

Maigret se secó el sudor de la frente y luego soltó un suspiro.

—Estúpido, ¿verdad? ¡Eso es lo que piensa usted! ¡Parece una pesadilla! Pero recuerde que Radek, desde hace varios años, se ha pasado la vida imaginándose refinadas venganzas.

»Por lo demás, Radek va bien encaminado. En otra carta, le dice a Edna Reichberg que Crosby mató a las dos mujeres, que la prueba de su crimen se encuentra en el armario y que ella podría evitar un escándalo yendo a por el arma a una hora determinada.

»Añade que la señora Crosby siempre estuvo al tanto del crimen de su esposo…

»Le repito que Radek se veía como un demiurgo.

»Las dos cartas no llegaron a su destino, por la sencilla razón de que Janvier me las trajo.

»Pero ¿cómo probar que las había escrito Radek? Igual

que la nota enviada al *Sifflet,* estaban escritas con la mano izquierda...

»Entonces les pedí a las dos mujeres que se sometieran a un experimento, explicándoles que se trataba de encontrar al asesino de la señora Henderson...

»Les rogué que hicieran lo que Radek les pedía en las cartas...

»Y el propio Radek me condujo a La Citanguette y después a Saint-Cloud...

»¿Acaso presentía que era el final? ¡Un final magnífico, a su gusto, si las cartas no hubieran sido interceptadas!

»Porque la señora Crosby, alterada por las revelaciones del asesino, con los nervios destrozados por la odiosa aventura de la taberna, habría ido a la mansión de Saint-Cloud, donde habría entrado en la habitación en la que se cometió el doble crimen...

»¡Imagínese usted su nerviosismo...! ¡Y entonces se encontraría con Edna Reichberg con el puñal en la mano...!

»No sé si esto habría acabado en crimen... Pero diría que Radek no iba mal encaminado...

»Sin embargo, intervine y todo sucedió de otra manera. La señora Crosby se marchó sola.

»Y a Radek le atormentaba la necesidad de saber qué le había hecho a Edna...

»Me siguió hasta el piso de arriba... Fue él quien abrió el armario... Y no encontró ningún cadáver, sino a la sueca, que estaba viva...

»Entonces me miró... Y lo entendió...

»Y, finalmente, hizo lo que yo esperaba... *Disparó...*

El juez Coméliau abrió unos ojos como platos.

—¡No tema! Aquella misma tarde, en medio de una aglomeración de gente, cambié su revólver cargado por uno vacío… ¡Eso es todo…! ¡Jugó… y perdió!

Maigret volvió a encender la pipa apagada y se levantó con el ceño fruncido.

—Debo añadir que es buen perdedor… Hemos pasado el resto de la noche juntos, en el Quai des Orfèvres… Fui honesto con él y le conté lo que sabía, y al principio, durante una hora, intentó engañarme…

»Luego él mismo rellenó algunas lagunas con cierta fanfarronería…

»Ahora, está sorprendentemente tranquilo. Me ha preguntado si creía que sería ejecutado. Y, como yo dudaba en responder, ha añadido en tono de burla: "Haga lo imposible para que así sea, comisario. Me debe usted un pequeño favor… Pues bien, es una idea mía… En Alemania asistí a una ejecución… En el último momento, el condenado, que no había dicho ni una palabra, de pronto se echó a llorar y gemía una y otra vez: '¡Mamá…!'. Tengo curiosidad por saber si yo también llamaré a mi madre… ¿Qué cree usted…?".

Los dos hombres callaron. Se oyeron entonces con más claridad los ruidos del Palacio de Justicia, con el murmullo confuso de París, como música de fondo.

Finalmente, el juez Coméliau apartó el expediente que, por adoptar una actitud profesional, había abierto al principio de la reunión.

—Está bien, comisario —empezó a decir—. Yo…

Miraba a otra parte, con las mejillas coloradas.

—Quisiera pedirle que olvidara la… el…

Pero el comisario, poniéndose el abrigo, le tendió la mano con la mayor naturalidad del mundo.

—Tendrá usted mañana el informe… Ahora debo ir a ver a Moers. Le prometí que le llevaría las dos cartas… Se propone hacer con ellas un estudio grafológico completo…

Y después de un momento de vacilación, avanzó hacia la puerta. Se volvió, vio la expresión contrita del juez y se marchó al final esbozando una leve sonrisa, que era su única venganza.

12

La caída

Era enero. Helaba. Los diez hombres presentes llevaban el cuello de los abrigos levantados y las manos enfundadas en los bolsillos.

La mayoría de ellos cambiaban entre sí frases aisladas, mientras golpeaban el suelo con los pies para entrar en calor y lanzaban miradas furtivas hacia el mismo lado.

Solo Maigret permanecía apartado, el cuello hundido en los hombros, con una expresión tan huraña que nadie se habría atrevido a dirigirle la palabra.

En las casas vecinas había algunas ventanas iluminadas, pues aún no había amanecido. En alguna parte se oyó el tintineo de los tranvías.

Finalmente, el rodar de un coche, el golpe de una puerta al cerrarse, el repiqueteo de unos zapatos y algunas órdenes dadas a media voz.

Un periodista tomaba apuntes, a disgusto. Un hombre volvió la cabeza.

Radek salió rápidamente del coche celular y miró alrededor con sus pupilas claras, las cuales, a la luz gris del amanecer, tenían los reflejos infinitos del océano.

Lo llevaban dos agentes. Pero eso no pareció importarle, pues se dirigió hacia el cadalso a zancadas.

Entonces resbaló a causa del hielo y se cayó. Los dos guardianes, creyendo que trataba de rebelarse, se precipitaron para sostenerlo.

Fue cosa de unos segundos. Pero tal vez aquella caída resultase más penosa que todo lo demás; y penoso fue, sobre todo, ver el rostro del condenado cuando se levantó: había perdido todo su prestigio, toda la seguridad que hasta el momento había mostrado.

Buscó a Maigret con la mirada. Le había pedido que asistiese a la ejecución.

El comisario trató de desviar la mirada.

—Ha venido…

Los allí presentes se impacientaban. Estaban tensos, deseosos de que aquello terminara de una vez.

Entonces, Radek miró la capa de hielo con una sonrisa sarcástica; luego hizo un gesto hacia el cadalso, riéndose burlón:

—¡No ha podido ser…!

Los que tenían que poner fin a la vida de un hombre experimentaron cierta vacilación.

Alguien habló. En una calle próxima sonó un claxon.

Fue Radek quien echó a andar el primero, sin mirar a nadie.

—Comisario…

Un minuto todavía, quizás, y todo habría terminado. La voz tenía un deje extraño.

—Luego se reunirá con su esposa, ¿verdad…? Ella le tendrá preparado el café…

Maigret no vio nada más, no oyó nada más. ¡Era cierto! Su mujer estaba esperándolo en el cálido comedor, donde ella ya habría servido el desayuno.

Sin saber por qué, no se atrevió a ir a su casa. Volvió directamente al Quai des Orfèvres, cargó la estufa de su despacho hasta los bordes y atizó el fuego con tanta fuerza que rompió la rejilla.

« *Certes, ils préfèrent que je ne voie pas certaines choses.*
Mais ce qu'il ne faut surtout pas, c'est que je leur en raconte d'autres ».

« — *Vous direz tout?*
— *Et vous?*
— *J'essaierai. Si je n'y parviens pas, je m'en voudrais toute ma vie* ».

«*Sin duda, prefieren que yo no vea ciertas cosas.*
Pero lo que no debe ocurrir, sobre todo, es que les cuente otras».

«—*¿Usted lo dirá todo?*
—*¿Y usted?*
—*Trataré. Si no lo consigo, me lo reprocharé toda la vida*».

PEUPLES QUI ONT FAIM, 1934